GW01607504

JEAN-EDERN HALLIER

L'HONNEUR PERDU DE FRANÇOIS MITTERRAND

ÉDITIONS DU ROCHER-LES BELLES LETTRES
1996

ISBN : 2-268-02291-9

À Omar Foitih, qui fut le seul
à m'accompagner sans faiblesse
pendant ces années terribles.

L'IMPUBLIABLE

« Mais c'était terrible ! »
François Mitterrand

J'ai attendu la mort de François Mitterrand avant de publier ce livre dans son intégralité. Tel quel, je le mets en librairie. Ce n'est pas un livre comme un autre. Il est resté onze ans inédit parce qu'on m'a empêché de le publier. C'est un document sur l'époque, qu'il faut juger aujourd'hui sur son style et sa puissance prophétique — et non sur ses révélations, qui ont été largement reprises. Il est vrai que, pour le prophétisme, il fallait seulement un peu de courage, celui de dire à haute voix ce dont chacun se doutait. Peu importe, les révélations sont l'affaire des journalistes. Il s'agit ici de littérature intemporelle, pléonasme pédagogique. En effet, toute grande prose survit à ce qu'elle dévoile, tout en donnant l'éclairage définitif de l'Histoire. On connaît la cour de Louis XIV à travers Saint-Simon, et celle de Charles X à travers Chateaubriand. On connaît aussi la vie des Césars à travers Tacite ou Juvénal. J'ai donc choisi de figurer à côté de la prestigieuse collection Guillaume Budé, celle des éditions bilingues, des classiques latins et grecs. Ici deux langues, l'une éphémère, celle de l'histoire immédiate, l'autre définitive, celle qui se retraduit en littérature — c'est-à-dire en langue originale. Entre Sénèque et Plutarque, j'ai voulu reprendre le vieux projet romain, celui qui consiste à confondre vie publique et vie privée, l'une et l'autre étant inséparables. On s'en aperçoit aujourd'hui, en découvrant que François Mitterrand a régné avec un cancer pendant quatorze ans. La récompense de son ambition, la jouissance du pouvoir, s'est inscrite dans sa punition secrète, une douleur physique intolérable que seules les drogues pouvaient calmer. La France a été gouvernée sous anesthésie ; le mystère du Sphinx présidentiel, ce n'était que l'immobilisme d'un opiomane. La démitterrandisation a commencé. J'y ai largement contribué. En tout cas, j'ai enterré sa postérité de son vivant. J'ai introduit les vers avant que son corps ne vienne les rejoindre dans sa tombe. J'ai jeté *les Fleurs du mal* sur son cadavre — et le jour du convoi funéraire, j'ai été le vent qui a arraché le drapeau tricolore de son cercueil. Le vent souffle où il veut. Le vent ne se réprime pas. Personne ne résiste au vent. Personne ne peut faire face longtemps à la puissance corrosive de la littérature. Encore fallait-il le prouver. Il fallait que je mène à bien mon rêve esthétique, celui d'écrire un roman vrai — et de rejoindre par là le roman à ses origines, celui de la grande tradition gréco-latine. Les genres font leur temps. La splendeur du roman date du XIXe siècle. Au XXe, Proust et Céline ont marqué les limites. Comment écrire après eux ? C'est à cette tâche que je me suis attelé en remettant le roman dans la vraie vie, à la manière des Anciens. Plutôt que de figurer avec les petits-enfants sidaïques de Joyce, j'ai régénéré la grande famille littéraire. Je me suis inscrit parmi les petits-neveux vérolés de Tacite et de Saint-Simon. Dans l'affaiblissement de l'imaginaire romanesque de nos contemporains, il n'est point d'autre voie vers la renaissance. C'est le retour aux Anciens que prônait Victor Hugo dans la préface de *Cromwell*.

C'est pour cette raison que j'ai conçu froidement le projet de cette polémique tout en subissant ses conséquences dans la chair même de mon esprit — et, pour les gens médiocres, dans ce qu'il est convenu d'appeler une carrière. Au fur et à mesure que les persécutions, dont ce livre était l'enjeu, s'aggravaient, accompagnaient mon enquête, j'écrivais ce livre lui-même. Sa prose s'en ressent. À la relecture, il donne la sensation d'une poursuite infernale, celle d'une vérité insaisissable, menacée, haletante. Il y a Mitterrand, mais aussi qui je fus. C'est le duel dans l'ombre entre le président et l'écrivain — entre la puissance temporelle et la souveraineté des mots. Ce livre m'a conduit aux portes de la folie et de la mort. On m'a traité de paranoïaque. Qui veut noyer son chien dit qu'il est enragé. La connivence des uns et la lâcheté des autres se sont combinées pour faire de moi un pestiféré, entouré par le cordon sanitaire de la sous-culture journalistique à la botte de tous les pouvoirs. En plus, quelle grande conscience culturelle m'aurait soutenu ? C'était m'offrir sur un plateau l'insoutenable grandeur dont ils rêvaient pour eux-mêmes. Les vraies jalousies sont toujours muettes. Comme mon projet d'écrire ce livre était connu, la première opération pour me discréditer a été mon enlèvement. Toutes les diffamations sont parties de l'Élysée. Ensuite vinrent les pressions sur les éditeurs — dix-sept d'entre eux acceptèrent mon manuscrit avant de le refuser inexplicablement. Mes banques furent découragées de me prêter de l'argent. Mes imprimeries furent attaquées. Mes collaborateurs furent menacés — et je ne reviendrai pas sur les mille écoutes téléphoniques dont je fus la victime. Mes persécutions connues sont pareilles au sommet d'un iceberg. On n'en connaît pas la partie immergée — et ce n'est pas ici que je vais gémir. Tout ceci relève de l'anecdote, et non de la formidable vision artistique qui m'a poussé. D'ailleurs les chiens de garde n'ont pas tout à fait desserré leurs crocs de mes mollets. Trop bêtes, et, tout particulièrement, ceux du petit personnel littéraire, gavé dans les écuelles d'or du palais présidentiel, ils ne se sont toujours pas aperçus que j'ai gagné — que leur censure ou leurs injures sont tristement dépassées. Qu'ils soient néanmoins pardonnés...

J'ai rêvé d'ébranler un régime avec des mots d'écrivain et j'y suis parvenu. Je n'ai pas fait tomber le vivant, je l'ai destitué dans sa vie posthume. Mitterrand rêvait d'une place dans l'Histoire ; il se l'était construite à coups de mensonges, dont j'ai extrait les racines une à une. Après moi, il ne sera plus dans l'Histoire de France, mais dans celle des impostures françaises. Ce manuscrit a circulé partout (il a été lu sous le manteau à des milliers d'exemplaires). Tous les biographes ont été obligés d'en tenir compte. La perspicacité de Mitterrand a dépassé la mienne. Au moins, lui savait le préjudice que je pouvais lui causer. C'est à juste titre qu'il a mis toutes ses polices à mes trousses. Je lui dois mes années terribles. « Mais c'était terrible », me déclara-t-il, en me parlant de ces pages, quand je le rencontrai en 1992, sur son initiative, à la librairie Gallimard, en un guet-apens qu'il avait organisé pour me revoir. Il n'y a jamais eu réconciliation entre nous. La littérature est irréductible au reste, donc irréconciliable. L'ami de la vérité n'a pas d'amis. Quant aux lambeaux de ma vérité, qui circulaient dans les salles de rédaction, pas étonnant qu'on les ait déchiquetés avec tant de retard. Il aura fallu attendre la fin du deuxième septennat avant que les charognards de l'information, enfin rassurés par la faiblesse présidentielle, ne se retournent contre leur maître. Ô indignation tardive ! L'autocensure du journalisme est telle qu'on devient une balance à la veille d'être coupé des sources officielles de l'actualité. Le totalitarisme démocratique ne supporte que les gens accrédités.

Il était donc inutile que je maquille ce livre en courant derrière l'actualité. Sa jeunesse est d'avoir été le premier — ce qui, au regard de la postérité, la rend éternelle. À l'âge où il a été fixé, c'est l'actualité qui court après le présent, tellement les révélations à venir aggraveront les révélations anciennes. Telle est ma propre édition bilingue. Je ne réactualise pas, je *passéise* — et c'est la langue de jadis qui parle toujours au présent. Je remonte le cours du temps pour indiquer à quoi devait ressembler le fleuve. Si le ruisseau est pollué, l'estuaire sera immonde — et nous mourrons tous de la même soif de savoir en vain. C'est la mémoire de l'eau — sauf que, ici, il n'y a pas une seule goutte qui soit pure dans la vie de François Mitterrand. Une œuvre littéraire est par principe impérissable. C'est dans son contexte qu'il faut en mesurer l'importance. Elle a été le cancer d'un double septennat. Ses métastases se sont installées partout, dans l'organe même de l'historiographie de notre héros. Habillé en bourgeois de Calais, j'ai eu beau mettre le feu à un exemplaire de ce manuscrit devant l'Élysée — imitant en cela Jean-Jacques Rousseau, qui brûla son *Contrat social* —, il était trop tard, le mal avait proliféré dans le corpus critique. Contre mon eau-forte — expression qui désigne le portrait à l'acide —, il a construit sa survie artificielle. Je suis responsable aujourd'hui de sa seconde mort. Sans doute l'aimais-je trop — s'il est vrai que chacun tue ce qu'il aime. Pour un écrivain, il n'y a pas de salauds. On aime toujours son personnage, si abject soit-il. En l'occurrence, je me suis ainsi comporté par hygiène politique et civisme. Ou bien une nation a des règles et des lois, ou bien elle n'en a pas. Auquel cas, c'est à l'artiste d'établir le véritable portrait de ceux qui nous gouvernent. J'ai été le principal ennemi de François Mitterrand, c'est vrai. C'est vrai, j'ai rêvé d'être Malraux, mais l'époque n'était plus — et, surtout, Mitterrand n'était pas de Gaulle. C'est vrai, j'ai rêvé d'être Victor Hugo, mais l'époque a voulu que, en perfectionnant la répression, l'exil soit du dedans. C'est vrai, je me suis inspiré des plus grands modèles. Par orgueil, c'est vrai. Mais il n'est point de résistance sans un orgueil plus terrible encore que la vanité de ceux qui nous gouvernent et qui pensent que l'assurance matérielle du pouvoir leur donnera toujours le dernier mot. « Le pape, combien de divisions ? » demandait autrefois Staline devant la présence insaisissable des forces du spirituel. La puissance littéraire est de même nature quand elle échappe enfin aux pastiches et à l'allégorie. La vérité qui sort de son tunnel devient tout simplement vérité historique.

Combien de temps survivrai-je à François Mitterrand ? Peu importe. Le combat de ma vie rejoint ici mon bagne littéraire et aussi mon plus formidable travail dans la vraie modernité pour remettre le roman dans la vie. Puisse-t-on dire un jour, comme de Brejnev sous Soljenitsyne : François Mitterrand a été président de la République sous Jean-Edern Hallier. Tel est mon pari insensé. À la fin était le verbe. C'est toujours le même drôle de jeu, celui des vivants et des morts. Il s'appelle : qui perd gagne.

29 janvier 1996

EXERGUE

> « Les grands écrivains sont toujours comme un État dans l'État : tous les régimes leur préfèrent les médiocres et les serviles. »
>
> Alexandre Soljenitsyne

Déposition de M. François Mitterrand
Député

« Auteur d'une proposition de loi tendant à compléter l'article 45 de la loi du 29 juillet 1881 sur la liberté de la presse, modifié par l'article 9 de l'ordonnance du 6 mai 1944 relative à la répression des délits de presse, je crois que le délit d'offense au président de la République a changé de signification et de portée dans la mesure même où la fonction de président de la République a changé de nature. Le législateur de 1881 cherchait à protéger un président-arbitre, irresponsable des actes politiques accomplis par l'exécutif. En 1965, le chef de l'État, qui se comporte ouvertement en chef d'une majorité et chef de parti, ne peut prétendre à la même protection. Ses actes doivent être soumis à la libre appréciation des citoyens. S'il veut échapper à la critique, à la controverse, à la polémique, il lui faut ou bien revenir à une autre conception de son rôle ou bien faire modifier la loi, ou bien imposer le silence propre aux régimes totalitaires. Il semble qu'en l'occurrence et conformément aux habitudes prises, l'actuel chef de l'État ait choisi d'employer ce dernier moyen. Qui, sinon la justice, mettra un frein à de telles pratiques ?

« En un sens, un tel procès peut être salutaire.

« Monsieur Jacques Laurent n'est pas un de mes amis personnels et se range, je crois, parmi mes adversaires politiques. Mais je suis sensible à son grand talent et à son vrai courage. [...]

« Je ne doute qu'il soit aussi sensible au mien. »

Audience du 8 octobre 1965 du procès de Jacques Laurent inculpé d'offense au chef de l'État pour son pamphlet *Mauriac sous de Gaulle*.

L'Inéligible

La postérité se souviendra que Mitterrand était président de la République sous Jean-Edern Hallier. De mémoire humaine, jamais un livre ne fut plus célèbre avant même que son auteur n'en écrivît la première ligne — ni un procès plus attendu, avant que le procureur n'entamât son réquisitoire. Ce que chacun subodorait, sachez-le enfin ! L'année dernière, moi non plus, je ne savais pas. Ce que j'ai su, à mesure, m'a ahuri. Français, si vous saviez...

Mitterrand était inéligible et nous ne le savions pas. L'homme m'intéresse, c'est un personnage de roman. Il était inéligible, nous sommes donc inélecteurs. Plus le romancier que je suis s'en délecte, moins le citoyen se sent rassuré. Que dis-je, il s'affole. Il est vrai que j'ai largement contribué à le faire élire. *Mea culpa.* J'ai péché par démiurgie romanesque. J'ai voulu que ma fiction devînt réalité. Hélas, la réalité dépasse la fiction...

Il était inéligible. Avant d'entreprendre ce travail, j'ignorais à quel point. Qu'y puis-je si l'achèvement de mon livre l'achève ? Je le plains, j'ai presque de l'affection pour lui. Comment voulez-vous qu'un romancier haïsse son personnage ? Il le comprend trop bien du dedans. Seuls sont antipathiques les gens qu'on ne connaît pas. Seulement voilà, il était inéligible. Quel dommage, sinon il aurait fallu l'élire, depuis le temps qu'il faisait le pied de grue. Comment décrire ce personnage en quête d'auteur ? Sort-il du Moyen Âge, du *Roman du vieux renard* ? Ou du *Roman de la rose* ? Est-ce du Sacha Guitry, pour *le Roman d'un tricheur* ? Sans les fraudes électorales découvertes après, comment aurait-il pu être élu avant ? Sort-il des *Bijoux indiscrets,* de Diderot, pour avoir fomenté de sombres opérations sur les diamants de Giscard ? Est-ce du *Sans famille,* d'Hector Malot, à cause de sa pauvre petite orpheline ? Est-ce du Victor Hugo, pour *la Légende des siècles* ? Sa légende, elle vient de loin, elle n'a cessé de grossir, cette pauvre petite boule de neige d'infatuations vaines et de ruses minables, changée en avalanche délirante de mensonges éhontés sur le passé d'un homme à qui rien n'est arrivé. Comme disait toujours Hugo : « Hum, visage de traître, quand la bouche dit oui, le visage dit peut-être. » Qu'il ait trahi la gauche pour la grande masse des électeurs, il était inéligible de son strict point de vue puisqu'il a abusé de sa confiance.

Si j'étais au pouvoir — à Dieu ne plaise —, ça barderait. Je sais ce dont il a besoin, le peuple, qu'on le foute pendant dix ans au silence et à l'eau, qu'on lui laisse dégorger sa bouffe, depuis 68 et d'avant, et les mots d'ordre d'idéal socialiste qu'il a entendus depuis ce temps. J'y étais pour beaucoup, je le reconnais, mais c'était parce qu'on m'avait menti, à moi aussi, que j'apprenais aux autres à mentir. Que vous soyez de droite ou de gauche, je ne fais pas allusion à votre idéal, mot dont je me méfie. Il est toujours à craindre des chaisières de province, des défroqués, des dames patronnesses ou des manquants du moindre tact qu'ils ne mettent avantageusement leur idéal en avant. Tous ceux qui parlent d'idéal sont des salauds. C'est vrai comme deux et deux font quatre. Mitterrand n'a qu'un seul idéal : lui-même. Ce mystique voudrait qu'on l'idéalise. Comme il n'y arrive pas, il s'accroche à son trône. Jamais nous n'eûmes un président plus impopulaire. Son unique souci, jouir du pouvoir jusqu'à l'extrême limite, jusqu'au pet mortel de la baudruche dégonflée.

Gouverner, pour lui, n'est pas prévoir, mais gagner du temps. Mitterrand en est si intimement convaincu qu'il n'a pour toute stratégie que celle qui découle de l'entropie politicienne, laisser pourrir. Pas de grande vision historique ! Après lui, le déluge ! Pas de vaste dessein à insuffler à ce qui aurait pu être une gauche moderne. Après nous avoir ressorti pompeusement ses vieilles lunes de 1936 du Front populaire, et des nationalisations, il se met à découvrir que le soleil se lève aussi à droite, du côté du néo-libéralisme et de Reagan. Il va rater sa gauche comme il va rater sa droite, il rate tout ce qu'il touche, cet Anti-Midas, cet alchimiste à rebours qui change infailliblement l'or en plomb. Seule son ambition le pousse en avant — une ambition de deuxième classe — comme on dit des enterrements. Il a réussi à enterrer la gauche, ce dont ses adversaires peuvent lui savoir gré. Mais les autres ? Certes, il est devenu président de la République, ce qui ne se réussit pas sans qualités personnelles bien sûr. Mais c'était sa seule ambition, qu'à force de démangeaisons emphatiques il a nourrie, tout en cherchant à la dissimuler, rhéteur pris au piège de son propre langage : « Qu'appelez-vous pouvoir ? écrivait-il. Un logement dans un palais ? Le grand cordon de la Légion d'honneur ? Le droit de grâce régalien ? La maîtrise des décrets ? » Pour couper court à la rêverie suprême dont il se prétendait hanté, il ajoutait, non sans vergogne : « Le socialisme m'apporte plus. » Forcément, il est son pire ennemi. Bref, il s'est sacrifié pour être là où il est. Vu du peuple de gauche, nous savons enfin pourquoi : pour faire le sale boulot de la droite, en laquais du grand capital. Oh ma Lorraine au cœur d'acier, entre les mains d'un vieux brise-fer ! C'est d'abord vu du peuple de gauche qu'il était inéligible.

De toute façon, un personnage de roman est inéligible. Est-ce Stendhal ? Le noir d'abord, le rouge ensuite, corrigeait Pierre Viansson-Ponté. Alors, du Balzac, pour ses ténébreuses affaires, telles qu'elles le rendraient inéligible ? Ou du Flaubert ? Pour son *Éducation sentimentale.* Est-ce du Sartre, pour *l'Enfance d'un chef* ? Est-ce du Cocteau ? *Thomas l'Imposteur.* Le drame des imposteurs, c'est justement de prétendre avoir appartenu à l'Histoire, où ils n'ont joué que le rôle qu'ils se sont prêté eux-mêmes. Non, François Mitterrand sort tout droit d'un roman de Jean-Edern Hallier : j'en administre ici la preuve.

De nos jours, pour savoir ce qu'est un médecin de campagne, on ne lit plus Balzac, on l'interviewe. Un homme politique, *idem.* Ce que le médecin a à dire n'a aucun intérêt, l'important est de savoir qui il est — et comment, lui ou l'homme politique nous mentent. Nous avons besoin d'un peu de vérité, seule condition de la transparence — et de nous souvenir de ce proverbe moujik, cité par Soljenitsyne : « Une parole de vérité pèse plus que le monde entier. » Nous en avons assez que le monde nous pèse sur la tête, comme le poids d'une montagne d'idées reçues, et de clichés fades, inlassablement débobinés, de l'actualité. Nous avons besoin d'une République scandaleuse.

Comment faire passer le scandale, sinon par la littérature ? Hélas, les tenants de la grande culture, les continuateurs des classiques ou les romanciers se sont à tel point avachis et débandés qu'ils se sont laissés démissionner, bouter dehors et exclure finalement du monde réel. En retard d'un quart de siècle sur le cinéma, qui l'est lui-même d'un autre quart de siècle sur la véritable modernité, ils ont fait en sorte que la littérature n'ait plus prise sur la réalité, ni le réel sur l'écrivain débranché, émasculé. Ce n'est plus le défi balzacien qui fait concurrence à l'état civil, mais l'état civil qui compte encore quelques écrivains en son sein, abonnés au gaz et sécurisocialisés... Les personnages de roman sont des fantoches obligés, inconsistants, éthérés, qui n'ont prise sur rien, ils tourbillonnent en vase clos à force de rabâchages, pastiches, stéréotypes, gratouillages allégoriques, psycholatriques, journalisticouilleries, sur fond de cette grande peur invisible dont l'ombre plane sur toutes choses. Ce n'est pas par hasard que toute mon œuvre met en scène des personnages bien réels, souvent glorifiés de leur vivant, les visages innombrables de ma divine comédie. Comme dans la cuisine japonaise, je cuis et découpe le poisson vivant, je me plais à voir sa bouche gober l'air désespérément, tandis que je me sers de la première tranche...

Bref, comme Mallarmé, je travaille dans « le vierge, le vivace et le bel aujourd'hui ». Sauf que, à la belle époque, il pouvait encore publier, en 1900, des vers dans les journaux de mode. De nos jours, ce serait impensable, sauf en bas de page dans la rubrique tiers-mondiste du *Monde*. Et encore, il faudrait que je m'appelle Abdel Hallier ! Ou Idi Amin Edern ! Ce sont les dernières charités accordées aux naïfs serpentins à sonnets de nos colonisés d'hier. Ce que j'appelle l'« aujourd'hui », d'autres l'ont baptisé l'« actualité » — du latin *agere*, ce qui agit sur nous. Ça ne revient pas tout à fait au même puisque c'est la mort qui agit sur eux tandis que moi, c'est la vie qui me fait agir. Comme disait Godard : « Je filme la mort au travail. » Moi je l'écris. J'agis en tueur, mais pour assassiner la mort. Parce que c'est la mort qui vit, elle travaille contre nous. Elle est aux commandes. Elle s'adapte à tout. Pour elle, seul le non-événement permanent justifie de sa mainmise sur l'actualité. Avec sa prothèse, la main de l'audiovisuel. Bref, la mort hypnotise les vivants. Ce ne sont plus que des somnambules qui nous gouvernent, et pour qui la vie n'est qu'une illusion comique, et très passagère...

À tous ces endormis, je crie : Debout les morts !

Or il faut travailler dans le vivant, événementialiser une bonne fois, c'est-à-dire remettre en littérature les personnages de l'actualité. Sinon, pourquoi aurais-je choisi Mitterrand, ses ministres et les membres de son entourage, qui m'emmerdent, quand ils ne me répugnent pas ? C'est Orwell qui écrivait : « Ce que j'ai vu des opérations internes des partis de gauche m'a donné l'horreur de la politique. Depuis des années, la même *horreur sacrée* m'habite tout en guidant ma main d'artiste pour réaliser mon eau-forte : de la cire sur une plaque de cuivre dessinée au stylet, et plongée dans l'acide. Parce que la pellicule d'actualité est toujours bête, la main de l'intelligence y étant absente. » Pourquoi ai-je même fait revivre à l'acide purificateur le passé du président de la République — ce que d'autres appelleront toujours réactualiser ?

J'ai choisi de le faire parce que, le champ littéraire n'ayant cessé de se réduire depuis le milieu du XXe siècle, la seule chance d'une grande littérature moderne est de ne plus jouer le jeu qu'imposent les médias respectueux. Comment Mitterrand ne peut-il pas s'en réjouir, lui qui prétend aimer si fort l'ondoiement lyrique des mots ? À quoi bon verser des larmes sur la peau de chagrin de la littérature, où l'écrivain est assigné à résidence ? Il faut s'en échapper. Si vous voulez qu'enfin le vif saisisse le mort, mon travail n'est pas seulement essentiel en politique (d'elle je me fous éperdument), il est fondamental en littérature. Depuis qu'elle a cessé d'être le discours hégémonique de notre société (du début du XVIIe avec Malherbe et Vaugelas, jusqu'au milieu du XXe à peu près avec la mort de Paul Claudel), le principe kantien selon lequel elle n'a pas le droit de sortir de son propre champ est devenu caduc. Laissons le petit personnel littéraire porter au pinacle ces branloteurs sentimentaux, et ces fantasmeurs réduits à une marginalité exsangue. J'ai pris la plus haute place, à savoir la plus difficile. Celle qui consistera à créer la véritable modernité littéraire.

Mais un roman est écrit par un homme pour des hommes, écrivait jadis Sartre contre Mauriac. Au regard de Dieu, qui perce les apparences, il n'est point de roman. Il n'est point d'art puisque l'art vit d'apparences. La politique aussi. Une fois les apparences traversées, si sublime que soit le personnage, quand il est président de la République, il est juste de dire qu'il est inéligible. En fait, il est à mi-chemin entre le roman et le cinémascope que préparait sur le passage de la grande Catherine de Russie son ministre Potemkine. Il faisait construire des villages de carton, amenait des figurants pour que l'impératrice crût que les moujiks étaient heureux, riches et bien portants. Personne n'a le droit de voir, ni les princes ni les peuples, l'envers du décor — c'est-à-dire la réalité. Mitterrand ne songe qu'à sauver les apparences. Au plus haut point, c'est un personnage potemkinien.

Tout ceci ne serait rien, s'il n'y avait plus grave. À l'époque de l'affaire des fuites, où l'on soupçonnait Mitterrand d'avoir livré des documents secrets de la Défense nationale aux communistes, François Mauriac se porta à son secours dans son bloc-notes : « S'il est non moins innocent que Dreyfus, il est autrement plus malin », écrivait-il (21 décembre 1954). À Malin, malin et demi.

Le Père Doriot

J'accuse François Mitterrand. Ce n'est pas un bordereau : c'est toute une vie qui est truquée. Il était inéligible parce qu'il a menti sur une blessure qu'il n'a jamais reçue — mais pour laquelle il s'est fait décorer et pensionner. Il était inéligible parce qu'il a menti sur son courage, ce poltron fuyant le front dans une ambulance où il prit la place d'un blessé. Il n'était pas inéligible parce qu'il a menti sur sa francisque — Passez muscade ! Il n'était pas éligible parce qu'il a menti sur ses évasions. On a dit que sa troisième évasion n'en était pas une. Il est sorti grâce aux Allemands, à sa sœur et à son cousin, Yves Dautun, bras droit du chef fasciste du PPF, Doriot. Encore du Balzac, le Père Doriot ! Ce que je sais, c'est qu'il lui était impossible de s'évader trois fois. Chronologiquement et matériellement parlant. J'y reviendrai. Seul son style est évasif, et il lui a permis de s'évader de maintes situations délicates, où son honnêteté et son honneur étaient en jeu. Il n'était pas éligible parce qu'il a menti à tous et à chacun. Comme l'a dit Lincoln : « On peut tromper longtemps quelqu'un, mais pas tout le monde tout le temps. » Aujourd'hui, on commence à s'en apercevoir. En vérité, je vous le dis, il était inéligible pour quelques coups sordides dont sa carrière est jalonnée et dont normalement il n'aurait jamais dû se tirer. Il était inéligible parce qu'il a menti sur l'affaire de l'Observatoire, en 1959, trompant successivement ses amis, et le Sénat, qui vota sa levée d'immunité parlementaire. Il était inéligible parce qu'il mentit au juge qui l'inculpa d'outrage à magistrat et qu'il tenta d'envoyer ses complices en cour d'assises. Certes, il connut sa traversée du désert, mais ce vieux chameau n'aurait jamais dû en sortir. Aux États-Unis, en Allemagne, en Italie ou en Grande-Bretagne, l'homme politique n'aurait jamais survécu. Il aurait fait de la prison. Après, il n'aurait même pas pu devenir garde-champêtre. Ce miracle, il le doit à de Gaulle, qui préférait avoir un rival qu'il tenait ; ce miracle, il le doit aussi aux communistes, dont Malraux déclarait : « Si Mitterrand avait la moindre autorité, le PC ne le soutiendrait pas » (15 décembre 1965). Ce miracle, par-dessus tout, puisque nous nous sommes tous compromis en lui, il le doit à la bêtise des Français.

Au fond, le peuple n'a que ce qu'il mérite, puisque tel quel, il est irrémédiable.

En mai 1981, il était tout simplement inéligible parce qu'il croyait qu'il ne serait pas élu.

Nous nous sommes trompés en croyant que sa patience, l'acharnement de ses doigts spatulés, sa manière de contourner tous les obstacles avaient fini par forcer le destin. Ce que d'aucuns pouvaient considérer comme une formidable ambition n'était en réalité qu'habitude, accrocs, magouilles, automatismes d'apparatchik usé et haine quasiment hystérique envers des rivaux plus jeunes que lui, notamment Michel Rocard. Il passerait totalement inaperçu sans ce forcing frénétique de menues gesticulations, de papillonnements d'yeux — les paupières sparadrapisées, fixées dans l'écrin du comédien —, de manigances badines, de ruses mignardes, d'ambiguïtés poisseuses, la nuque raide et la gueule enfarinée de clown blanc — ou de plâtre néronien sorti du musée de Saint-Germain-en-Laye, tragiquement dépourvu d'humour, répétant les mêmes histoires, comme tous les gâteux.

L'Élysée, la grande loge d'une concierge chamarrée, elle, se souvient ; obsédée par le souvenir d'infinis glauques, d'enculages de mouche politicards ou de Tampax marrons, comme on en trouve dans la corbeille du petit salon du rez-de-chaussée à gauche du Palais, mal tenu, franchement dégueulasse, où flottent toujours les effluves refroidis d'*Arpège* de Cardin, à moins que ce ne soit *N° Cinq* de Chanel... Notre cocu ténébreux se rattrape dans le cocufiage politicien depuis un demi-siècle de grenouillages, d'amendements peu honorables, de contributions déposées ; comme on dit que ça se dépose, son caca de chieur de motions, de montée-nuance-ambiguïté en demi-quart de dard de mouche, en des congrès graisseux, des arrière-salles rances de bistrots, dans l'enfer moisi du ressentiment, harengs sur la Baltique, concombres sur pommes à l'huile de foie de morue, vinasses coupées, rincettes infinies.

Le rictus givré de la famille unie

Il croyait qu'il ne serait pas élu, parce qu'il était inéligible. Étant le premier à savoir qu'un président de la République ne peut se permettre ce qu'un homme privé a tout loisir de faire, il n'a pas hésité à enfreindre la règle qui veut notamment que le chef de l'État soit un modèle familial, ce que ni lui, ni son épouse Danielle, dont il vit séparé depuis dix-sept ans, ne peuvent se targuer d'être.

Il était inéligible parce que si nos prétendues élites sont libre-échangistes, la moralité publique, elle, ne l'est pas. On connaît tout de la vie privée des acteurs, la plupart l'étalent au grand jour. Pourquoi n'aurait-on pas le droit de se pencher sur celle de ces cabots de seconde zone, les politiciens ? Puisqu'ils ne cessent de donner des leçons de morale, qu'ils commencent par eux-mêmes. Si on ne les contrariait pas, tellement ils se tiennent entre eux, la théorie de Popper s'en trouverait confirmée. À savoir : l'habit ne fait pas plus le moine que la fonction ne crée l'organe. Si des généraux prenaient le pouvoir à Moscou, ils feraient la guerre, mais si c'étaient des pâtissiers, ils transformeraient le Kremlin en pièce montée. Chacun aurait sa part du gâteau. Hélas, quand les politiciens se le partagent sans contre-pouvoir — l'Église, l'argent, la jeunesse, etc. —, nous tombons sous la chape de plomb du monde où il n'arrive jamais rien : le glacis totalitaire, c'est un immense *Jours de France*, une revue que l'on feuilletterait, où il n'y aurait que cérémonies officielles, ballets, jolies stars saines, routiers sympas, Carolinomonaqueries sur fond sirupeux d'optimisme béat de commande. Une Sibérie en rose ! Tout le monde il est beau, tout le monde il est gentil ! À en vomir ! Pas un scandale, rien. Ça ressemble à ce que les politiciens de tous bords voudraient qu'on donne comme image d'eux-mêmes. Pourquoi se font-ils toujours photographier avec femme et enfants ? Pour la façade glacifiée ! Le rictus givré de la famille unie ! Les signes de piété d'une foi absente ! L'appel aux naissances des enfants qu'on abandonne soi-même ! Le Verbe redeviendrait chair, nous renaîtrions tous. La glaciation, c'est la langue de bois entropique, le lyrisme cabotin ou la rhétorique creuse des politiciens. Ils peuvent se permettre d'avoir les lois les plus admirables, puisque l'art du double discours leur permet de ne jamais les respecter. Ainsi, la Constitution soviétique est-elle en matière de respect des droits de l'homme la plus élaborée au monde. Elle n'a qu'un seul défaut, celui de ne pas être appliquée. Le citoyen a toutes les garanties écrites, de quoi se plaint-il ? Vertigineux, le décalage entre le langage et le goulag ! Entre les lois naturelles et les polices humaines ! Le réel et la réalité que l'on nie ou décrète pour empêcher justement la réalité d'exister. Du glauque surgelé ! Rien n'est pire qu'une société qui a l'air d'aller trop bien. Y aurait-il dégel, que le vrai monde qui est en dessous se décomposerait, pourrirait instantanément sur pied, tel qu'il est, abject.

Mitterrand n'est pas totalitaire. Il ne l'est qu'en tant que Tyran de la société qu'il secrète autour de lui pour se protéger. Il y a deux hommes en lui, Docteur Mitterrand et Mister François. Il était inéligible parce que son pire ennemi n'était autre que ce deuxième homme. Il le savait si bien qu'il n'a pu retirer Mister François, tapi au fond des ténèbres de son propre inconscient, lui murmurant qu'il ne serait jamais élu. Par une regrettable nuit d'automne, il est sorti de chez lui, il est entré chez elle. Il a été faire un enfant naturel, qu'il n'a jamais reconnu, à une jeune fille de bonne famille. Il n'y voit personnellement aucun inconvénient ! Sauf que Docteur Mitterrand, lui, savait parfaitement qu'il serait une fois de plus candidat à la présidence de la République. Au demeurant, cet homme de petite vertu peut bien vivre comme il veut, je n'attaque pas la personne du président de la République, mais tout ce qui touche en lui à l'usage de la collectivité et au symbolisme nécessaire de la fonction. « Nous sommes arrivés à la transparence », s'écriait hier Rougeaud de Lille, lors de son discours d'investiture. Drôle de transparence... Comment se fait-il qu'on ne se penche pas sur la vie privée de Mitterrand, quand celle de Giscard d'Estaing, de l'heure du laitier à ses chasses en Afrique, en a été éclaboussée au grand jour ? Ou celle de Pompidou, avec l'affaire Markovitch ? Ainsi, les libelles sur la conduite « scandaleuse » de Marie-Antoinette ont-ils bien plus fait pour abattre Louis XVI et la monarchie que les cahiers de doléance des paysans.

1789, c'est l'invention de la vertu, héritée de la Rome républicaine. « Nous entrerons dans la carrière quand nos aînés n'y seront plus, nous y trouverons la poussière et la trace de leurs vertus », chante *la Marseillaise*. Les attaques contre la moralité privée des princes ont toujours été la réaction ou la mesure invisible du renforcement de l'absolutisme du pouvoir : elles traduisent ce que Lacan appelle la barre de censure de la société. Plus celle-ci s'abaisse, verrouillant la libre parole, plus les attaques se font en dessous de la ceinture. Quand les hommes se mettent à penser par les couilles, les flambées du désir s'appellent révolution...

Je n'appelle que le soulèvement de la vie. Pour le reste, les aventures minables de François Mitterrand ne me soulèvent même pas le cœur. Qui était-il ? Laurent de Médicis ? Gilles de Rais ? Henri III ? Pas même, comme tout le monde, c'était un pauvre type. Rien que de l'ordinaire en lui. Sauf qu'il était inéligible, pour n'avoir pas su cacher son manque de vertu — pareil au roi du conte d'Andersen, qui se met tout nu pour bien s'assurer qu'il a tellement mis ses courtisans à genoux qu'ils n'osent rien lui dire. Hélas, il s'est trouvé un Jean-Edern sur son passage...

Le clan Mitterrand doit se mordre les doigts de m'avoir fréquenté. J'étais l'enfant du sérail, mais avant toutes choses, comme tout véritable écrivain, je suis de ces enfants sortis des contes d'Andersen. Je n'ai jamais hésité à dire : « Le roi est nu ! » Ma brutalité intellectuelle, je ne la considère pas comme une faute mais comme un devoir. Aujourd'hui, ce sont les grandes personnes qui sont épouvantées à l'idée que le petit garçon retardé que je suis resté puisse parler après qu'elles eurent révélé devant lui leurs crasseuses nudités : « Il est vilain le monsieur », déclare l'enfant dans un silence consterné. Alors, bas les masques ! La comédie du pouvoir est finie.

Que peut-on contre la force de vérité ? Que peut-on contre l'indignation d'un chrétien ? Que peut-on contre le caractère ? Tremblez, vous que j'ai portés au pouvoir. Je suis un tombeur de républiques. J'ai prouvé ce dont j'étais capable ; en 68, au premier rang de la jeunesse, j'ai fait vaciller de Gaulle, la statue du commandeur. Avec ma *Lettre ouverte au colin froid*, relisez-la, j'ai déstabilisé Giscard d'Estaing. Bref, je me suis payé deux présidents ; tombeur de républiques, tel est mon destin, je n'y peux rien. Peut-on acheter Victor Hugo pour qu'il renonce aux *Châtiments* ? D'ailleurs, il est toujours à Guernesey, je l'ai rencontré. Pour moi, condamné à l'exil du dedans, je contemple derrière mes fenêtres la place des Vosges. À l'Ouest, rien de nouveau, Diderot édite toujours à Amsterdam, Voltaire s'est réfugié à Genève — où je ne suis resté qu'une semaine —, et Rivarol dort à Berlin. Léon Bloy s'est cadenassé à Cochon-sur-Marne, et Bernanos prolonge ses quartiers d'hiver au Brésil. On a beau se pointer à la Comédie-Française, l'*Athalie* de Racine est toujours censurée pour atteinte à la dignité du Monarque. Chateaubriand tempête en vain, on lui interdit d'évoquer Tacite. Comme lui, inutile Cassandre, j'ai assez fatigué le trône et la patrie de mes avertissements dédaignés. On m'a renforcé, en voulant m'affaiblir. Plutôt qu'entendre mes raisons, on m'a privé du droit de les énoncer : j'ai perdu mes tribunes, on m'a confisqué la parole, sauf à agiter la marotte devant le spectre, en me faisant passer pour un bouffon. Bref, on a tenté de me marginaliser, mais c'est de la marge que l'on inflige les meilleures corrections. Comme dit le proverbe arabe : « Si tu bas ta femme et que tu ne sais pas pourquoi, elle au moins le sait. » Et ma tendre épouse Mitterrand sait, comme je sais...

D'où l'importance disproportionnée qu'il n'a cessé d'accorder à mes révélations — c'est-à-dire bien réelle. Il ne saurait en être autrement : quand les hommes considèrent certaines situations comme réelles, elles sont réelles dans leurs conséquences, et c'est justement parce qu'elles le sont que Mitterrand n'en dort plus. Pas seulement parce qu'il y a des mots forts, des mots explosifs, on ne cessait, en pleine crise économique, chômage et prétendue restructuration industrielle de faire des conseils de guerre. De quoi y parlait-on ? Je vous le donne en mille... De réunion en réunion, autour de Tonton imberbe, bourré d'hormones femelles, transi, paniqué, on essayait de savoir comment arrêter cette forme de pamphlet, de kamikaze chiite avec mon camion fou de tombeur de républiques, bourré de mots et d'informations nucléaires prêtes à tout faire sauter. Trop tard, je me suis assez suicidé plusieurs fois, et je n'en suis pas mort. *Ce qui ne me tue pas me rend plus fort* (Nietzsche).

Était-il si peu crédible, ce pauvre fou, pour qu'une simple lettre recommandée au percepteur fît déguerpir en décembre 1983 l'huissier et les policiers chargés de la saisie de ses biens ? On ne se moque pas impunément des lois, surtout quand on est chargé de les faire respecter. N'en déplaise à François Mitterrand, je lui dois cette dure leçon. Qu'il apprenne son métier. Un président de la République ne laisse pas un simple citoyen, si célèbre soit-il, défier impunément le fisc, ou faire sauter l'appartement d'un de ses plus proches conseillers en feignant de fermer les yeux. Debray, vous souvcncz-vous ? Ou quc, à pcinc quelques jours plus tard, on lui barre l'Élysée avec le plus important dispositif de sécurité qu'on y ait jamais vu ? Fou, oui ! Il est vrai, pour reprendre Pascal, que les hommes sont si fous que c'est être fou — mais par un autre tour de folie — que n'être pas fou. Parce que je suis le courage qui se moque du courage, la morale qui se moque de la morale, j'ai voulu faire le mal et voici que je fais le bien.

Quels secrets détenais-je ? Au *corrector* de la réalité, ces secrets ne vaudraient plus rien, si l'inconcevable paradoxe de cette affaire n'avait été justement que ces secrets n'étaient un secret pour personne. Le propre des vraies révélations : tout le monde les connaît d'avance. C'est pourquoi les miennes effrayaient tant de gens, bien placés pour savoir que je risquais de dévoiler sur Mitterrand des choses inacceptables en démocratie. Ils se tenaient tous. Des informations précises entre eux, des informations vagues pour les autres. C'est une marchandise bien trop précieuse pour qu'on la fourgue au premier venu, au gogo qui vous lit ou vous écoute. Ça se garde, ça se chuchote de table en table, ça ne circule qu'au sein de cette petite oligarchie politico-journalistique qui fait le dessus du panier de crabes qui nous gouverne. Mais en public, l'art de l'insignifiance ! Toujours enveloppé, on vous redoutera, vous serez craint, vous serez cru... De source bien informée, je vous insinue que... c'est toujours un crime d'appeler un chat un chat ! Il vous vaudra l'exclusion perpétuelle. Le prestige, c'est le doute. Ce qui faisait frémir, c'est que personne ne doutait que je refuserais de jouer le jeu de la connivence.

On ne peut à la fois vouloir le soutien d'un homme libre et qu'il ne soit plus libre de le donner. Pourquoi aurais-je accepté la loi du silence ? J'étais incontrôlable, paraît-il ? Pourquoi me serais-je fait contrôler ? La seule annonce de mon livre suffisait pour faire souffler un vent de panique sur l'Élysée. Tous nos débats publics étant pipés, j'accuse *aussi* François Mitterrand de m'avoir *aussi* versé le salaire de la honte pour éclabousser son rival Giscard d'Estaing. Nous y reviendrons. Il savait mieux que personne que les vieux singes de la politique ne glissent que sur les peaux de banane de la vie privée. Ce moralisme public à l'anglo-saxonne n'a pas encore gagné la France, mais il l'encercle. Sous peu, cette manie la submergera. La rupture du compromis historique et la chute de la démocratie chrétienne en Italie n'ont pas d'autre explication. Vie privée, ou argent sale ! Au Japon, Tanaka est tombé sur des pots-de-vin, de même que, aux États-Unis, un vice-président, Spiro Agnew. Cette année, l'irrésistible ascension d'un candidat aux primaires, Gary Hart, a été brutalement arrêtée par la révélation de sa séparation d'avec son épouse. Mitterrand, l'Impudique, qui vient de publier les photos de son album de famille, n'a pas invoqué sa discrétion, en étalant les siens sur papier glacé...

C'est Viansson-Ponté, lui-même, au passage d'un portrait de Mitterrand, qui s'étonnait :

« Qu'on ne dise pas, une fois encore, que ces maudits journalistes extorquaient diaboliquement les confidences et surprenaient vos secrets : car ce sont bien les candidats — vous aussi, Monsieur le Premier Secrétaire, comme les autres — qui harcelaient la presse par attachés interposés et, parfois, directement de leur insistance, dépêchaient leurs épouses à tous les micros, livraient leurs enfants à tous les photographes et preneurs d'interviews, rajoutaient à l'occasion quelques touches subtiles, une mèche par-ci, un sourire par-là, au portrait de famille.

« Alors la vie privée, n'en parlons pas, ou plutôt parlons-en ! Que ce ne soit pas agréable, j'en conviens. »

Quand Mitterrand n'était pas encore président de la République, le laisser-aller de sa vie de bourgeois néolibéral adultérin m'indifférait. Du jour où il l'est devenu, il était inéligible. Je ne suis pas moraliste. La famille est ce qu'elle est. Même si les lois récentes l'ont affaiblie sous prétexte de la soutenir, elle reste un symbole incontournable. Elle est le dernier rempart contre la montée du nihilisme qu'annonçait Nietzsche à la fin du XIXe. Une société qui a perdu les fils de toute vie associative, sans avoir su en tisser de nouveaux, est condamnée à partir à la dérive. Ce n'est pas par hasard que le président de la République est le protecteur institutionnel de la famille. D'ailleurs, Mitterrand devait déclarer lui-même : « L'Histoire ne pardonne pas aux familles divisées. » (*le Parisien libéré*, 2 février 1984) Il ne croyait pas si bien dire, l'impardonnable.

Notre République n'est plus dans la République. Il s'agit de l'y remettre, en développant les points d'inéligibilité de François Mitterrand, au cours des pages qui vont suivre. Qu'y puis-je s'il n'a plus gardé de son adolescence mystique que ce goût d'expier ? Qu'y puis-je si ma main exauce son vœu le plus secret ? Il a perdu toute crédibilité. Ce dont il rêve ? D'un bain d'impopularité pour se laver de ses fautes.

Il était inéligible parce qu'il était inéligible.

L'État voyou

C'est pourquoi il fallait absolument m'empêcher de sortir ce livre. L'inéligible espérait l'impubliable. Je me fais violence pour publier, mais je sers la gauche, je sers l'État, je sers la France —, et, par-dessus tout, je sers la littérature. De même qu'on dira que je sers la droite, qu'y puis-je si la haute littérature est servie par la basse politique ?

J'avais promis de renoncer, je suis revenu sur ma décision. Il est vrai que j'épargne Mitterrand, j'aime décevoir. Ce livre me sert avant de le desservir. Mieux vaut se renier trois fois avant le chant du coq, juste prudence sous les pressions, les chantages affectueux, ou les menaces de prendre les deniers de la corruption — tout en les empochant quand même au passage. Il n'y a pas de petit bénéfice. Soyons précieux : je ne vois pas ce qui m'aurait interdit de butiner un peu du pollen des quelques fleurs imprudentes écloses aux jardins de l'Élysée pour en faire mon miel d'écrivain. En plus, le chef de l'État va m'en être reconnaissant à vie. Il croulait sous les hagiographies. Or, cette fois-ci, je lui donne ce dont il rêve — un passeport pour la postérité. Longtemps, j'ai écrit ce livre par bribes, en même temps que je le vivais. Enfin, le livre vint. Tournez-en les pages. Mon chef-d'œuvre, c'est ma vie, je n'ai plus qu'à recopier. Les faits ne pénètrent pas dans le monde où vivent nos croyances, mais ils sont mystérieusement aspirés par l'attente du romancier. Je n'avais plus rien à faire, ils allaient venir d'eux-mêmes pour donner sa matière à mon livre : suspendu au plafond comme un papier collant, je n'eus pas longtemps à attendre pour que s'y prissent les mouches élyséennes.

Tout au long de ces mois d'hiver, les négociations qui se sont déroulées pour m'empêcher de publier ont ressemblé à une prise de rançon de loubards du XXe arrondissement. Aujourd'hui, je n'ai plus rien à dire à l'État voyou, sauf à le remercier de m'avoir financé l'édition en librairie que je n'aurais pu faire imprimer sans son aide désintéressée. De même, le service de presse de l'Élysée s'est-il chargé de mon lancement. Quelle guerre de communiqués ! Quel boucan ! Quel argus de coupures de saisies innombrables ! Sans le soutien de la presse pour annoncer ce livre, me rendant intouchable, un accident est si vite arrivé ! Qu'elle soit ici remerciée, la presse a porté ma force de vérité sur les fonts baptismaux.

J'étais curieux de savoir comment on arriverait à empêcher mon éditeur traditionnel, Albin Michel, de me publier. Ça n'a pas manqué, le chantage fiscal est tombé, comme on pouvait s'y attendre. Avant même que je dépose le manuscrit, le Trésor fit saisir tous mes comptes symboliquement, afin de m'en dissuader préventivement. Dans son affolement, il alla même jusqu'à poursuivre une agence de publicité, le Sagittaire, parce qu'elle portait le nom d'un de mes anciens éditeurs, aujourd'hui disparu. Un autre éditeur, André Balland, s'en porta acquéreur. Entre le moment où il me fit la proposition et celui où il s'est rétracté, il eut l'imprudence de faire savoir qu'il avait envie de me publier. Ce qui lui valut de subir à son tour de ces pressions d'autant moins avouables qu'on y cède. Il m'écrivit qu'il ne publierait jamais un livre sur la vie privée de Mitterrand, rumeurs complaisamment répandues dans la presse pour me disqualifier. Au fond, elles m'arrangeaient, elles augmentaient considérablement le nombre de mes lecteurs potentiels. Ils adorent les secrets d'alcôve, version hard, dans *Point de vue et mirage du monde,* d'une Élysée déshabillée. Entre ses habituelles mondanités planétaires du style du coup d'État au Cameroun ou rentrée politique de monsieur Tchernenko, *le Monde* m'épingla à deux reprises — Éric Lhomeau et Edwy Plenel notamment. Deux poids, deux mesures, je ne veux pas les suspecter de racisme mais j'en restai fort troublé : l'honorable journal ayant monté au pinacle l'ouvrage de Pierre Péan, où il n'était question que des galipettes du roi nègre Bongo, je constatai amèrement qu'on ne pouvait porter atteinte à un président à la peau blanche — quand bien même, je vous le jure, le nôtre a quelque chose du nègre blanc, tellement il a la plante des pieds noires à force de ne jamais se laver.

C'est Mitterrand lui-même qui m'a encouragé à révéler sa vraie vie en pérorant : « Je ne veux pas que ma vie privée devienne un spectacle, mais il faut bien admettre qu'elle s'imbrique désormais dans ma vie publique. » (*Essai sur le discours*, Dominique Labbé) Bref, l'attaque était inacceptable.

Je rappelle aussi que la conscience de la gauche, Mendès France, insistait sur le fait que, venant d'un homme public, il ne pouvait y avoir de différence entre la morale publique et la morale privée. Pour reprendre le fameux discours du Nobel de Soljenitsyne : « La littérature ne peut se développer selon les catégories "acceptable", "non acceptable", qu'on ne peut écrire sur ceci, pas sur cela. » Ce que je traduis par : sur la politique du président, acceptable ; sur la vie privée, non acceptable. Elle a le droit de dire ce qu'elle veut ; elle n'est tenue par aucun code de déontologie. Elle n'est jamais basse, sa seule abjection, la faute de français ! En plus, que saurions-nous des mœurs de Tibère sans Suétone ? De celles de Néron sans Tacite, dont Victor Hugo fait l'éloge en ces termes : « Des hommes comme Tacite sont malsains pour l'autorité » ? Que saurions-nous de la cour de Louis XIV sans Saint-Simon ? On parle toujours du chef-d'œuvre absolu de *la Divine Comédie*, mais on omet d'ajouter que ce n'est qu'un monument de ragots sur l'aristocratie florentine.

Pour un éditeur, il est ennuyeux de ne rien entendre aux Belles Lettres. Partagé entre le regret et la curiosité, André Balland vint malgré tout feuilleter quelques pages à mon domicile, toujours les mêmes, que j'exhibais comme échantillon. En lisant, Balland s'aperçut que c'était bien plus grave : « Vous allez faire tomber le régime, me dit-il drôlement, moi, sa corruption m'enchante. » Après Watergate, voici venir Élyséegate. Aux États-Unis, ce livre aurait fait sauter le Président. En France, c'est la maison d'édition qui saute.

Comme l'écrivait tristement Bernanos : « Ils n'aiment plus la liberté. »

Zelig-roi

Forcément, Mitterrand était inéligible. Il fallait le cacher par tous les moyens. Pour le reste, créature dépourvue de la moindre conviction, Mitterrand se fie au goût du jour comme au vent la girouette. Surtout quand il ahane pour le rattraper. Il est en effet des hommes qui marquent leur temps par la fidélité à eux-mêmes. Il en est d'autres que le temps marque au point que, incapables d'y laisser leurs propres empreintes, ils s'évertuent à en prendre les couleurs successives. Mettez Mitterrand sur du tissu rose, il deviendra rose. Sur du blanc, il blanchira ! À Lourdes, on n'en finit pas de célébrer le dernier miracle. Quand il rencontra le chef de l'Église universelle, s'il parut si pâle, Tonton bénisseur, prenant son onction pour les saintes huiles, c'est que la peau de son visage se changea instantanément en bout de tissu de la blanche robe papale. Fourrez-le dans le parti socialiste, il arborera le vaste chapeau de Blum. Mettez-le dans un pré, il jouera au pâtre gidien dans les Landes. Sortez-le avec Noah en pleine crise économique, il s'exclamera : « Moi aussi, j'ai un bon revers. » Allez l'exhiber parmi les Noirs du Cameroun, nul doute qu'en leur compagnie il s'écriera : « L'avenir est aux Nègres. »

Nom du cul ! Nom du renifleur de cocaïne ! Attali plagiaire ! Attali le Brillant, mais comme du Formica. Celui-là, comment s'en débarrasser ? Mettez-le aux affaires africaines, les Nègres adorent la verroterie. Remettez un Mitterrand avec des communistes, aussitôt il jouera au Valmont des *Liaisons dangereuses*. Puis mettez-le sur une montagne, il se donnera à nouveau ses airs de sous-préfet lamartinien, et de monsieur Perrichon contemplant la mer de glace du haut de la Roche de Solutré. Mettez-lui le casque des sidérurgistes lorrains, il les fera casquer d'avoir cru en lui, l'incroyable. Mettez-le au Tchad, ses progrès seront foudroyants. Le *nec plus ultra* de la connerie. Ces guerres coloniales sans colonies ! Mettez-le au Liban, ce conflit d'embrouilles, il bombardera, comme les autres avant lui — avec les avions qu'il n'accepterait de passer en revue, un an plus tôt, au Salon du Bourget, que désarmés. C'est désarmant ! Heureusement, l'odieux est la porte de sortie du ridicule, et notre homme peut même devenir meurtrier par amour, n'en doutons pas. À moins que ce soit pour se faire bien voir à la télévision. Remettez-le sur le petit écran, il ripostera en direct sur Baalbek, une semaine après l'attentat contre les jeunes appelés français. Quelle promptitude de réflexe ! La Bekaa, c'était encore sa plaine de l'Observatoire. Cela revenait à donner une tape à son chien huit jours après qu'il eut pissé sur le tapis ! Résultat, le massacre des innocents de la consigne de Marseille ! Heureusement, tout s'oublie. Grâce à l'électricité audiovisuelle, mettez-le au courant, il s'éclairera. Peut-être.

Ses métamorphoses ne se comptent plus. Il court après les Français, pour leur dire qu'il les aime. On ne peut le suivre, tellement il aime. Même les assassins, il les a aimés. Sûrement moins maintenant, puisque cet amoureux de la mort a aboli la peine de mort. Mais du temps où il était garde des Sceaux, il guillotinera au point que, depuis 1831, on n'avait jamais vu autant d'exécutions. Son invention, en 1956, *le flagrant crime*, aurait eu de quoi faire pâlir d'effroi Badinter, ce Savonarole de la douceur — avant de lutter comme militant d'opposition, contre la peine de mort. Par remords ? J'en doute. Un homme qui a tant de crimes d'État sur la conscience — ou les a cautionnés — ne peut parier que sur l'oubli d'une société qui se gouverne au jour le jour, au gré du dernier opium du peuple. Pas la religion, pauvre légende aux abois ! L'actualité, la drogue dure de l'actualité, qui frappe d'amnésie la mémoire historique, ce ciment de la Nation, comme la langue en est la chair. La France ne lui a pas pardonné, elle ne le pourrait pas, elle a oublié.

Ainsi, pour rester dans l'actualité, on l'a vu dans tout et son contraire, ne disant que pour mieux se dédire et se contredire, au point qu'une analyse de ses discours en ferait de piteux démontages.

Sa devise, celle du journal qui dénonçait les Juifs sous l'Occupation — *Je suis partout.* Oui, il est partout. Il est prêt à tout. C'est un homme à *tout* faire. Il fera n'importe quoi pourvu qu'on le persuade, l'influençable, que ses intérêts y trouvent leur compte. On l'a vu augmenter les impôts tout en se plaignant que les Français en payent trop. À quand la couleur suivante ? Quelle est cette monstruosité à visage humain ?

Elle est bien celle que je décris : une monstruosité protéiforme. D'où sort Mitterrand ? De Jarnac, où il est né, comme le coup du même nom et qui consiste à vous poignarder dans le dos. Ce romantique le sait bien : le paysage natal est un état d'âme. Inlassablement, nous posons la question. D'où sort-il ? Du souk des teinturiers de Fès, ce couscous sans légumes, ce tagine de chameau à l'huile frelatée ? Non, c'est monsieur Caméléon, le Zelig du dernier film de Woody Allen : le héros, Zelig, est atteint d'une singulière maladie : il se change en gros avec les gros, en maigre avec les maigres, en nazi avec les nazis, en Chinois avec les Chinois, en Noir avec les Noirs, ou, comme Mitterrand quand on le met sur du rouge, avec les communistes, en rouge avec les rouges. Jusqu'à ce que sa psychanalyse réussisse à le guérir.

François Zelig en personne, qui se met toujours à la place des gens. Dieu me savonne ! La Zeliguerie mitterrandouteuse nous fait don de sa personne ! C'est une névrose.

S'agira-t-il de chômage, Tonton Zelig, intrépide amant de la classe ouvrière ou des classes moyennes, ne pourra plus se retenir, plus il y aura de chômeurs plus il sera content. Pourtant, ce ne sera pas faute de s'être déguisé en fraiseur, pour ramener sa fraise, ou en mineur, pour assouvir au fond des boyaux noirs ses instincts pédophiles. Grosses ficelles, techniques d'une désespérante monotonie. Même en période électorale, on ne gouverne pas, on cherche des voix. Ou l'on fait des serments d'amour enflammés et solennels, que bien sûr on ne tiendra pas, à la va-comme-je-te-pousse, à la petite semaine. Chômeurs, chômeuses, toujours je vous aimerai... Le 3 mai 1982, à Guéret, Mitterrand déclarait : « La France ne comptera pas deux millions de chômeurs, je m'y engage. » Pas besoin de commentaires ! Messianisme mitterrandouteux aux Évangiles corrigés à l'usage des chômeurs : Croissez et multipliez, leur dira-t-il. C'est de la Zeliguerie aiguë. Sauf que, à la différence du vrai Zelig américain, l'outrecuidance — viol par amour —, l'incohérence — maladie d'amour —, et le mensonge — plaisir d'amour —, érigés en principe de gouvernement, se substituent au charme, à la gentillesse et au génie d'un Woody Allen.

Comment réagir, si l'on n'appartient pas à l'opposition institutionnelle, toute formelle, ces veules statues de plâtre de l'Assemblée ? Il reste le choix entre trois possibilités : Ferme ta gueule ! Cause toujours ! Ou parle tout seul ! Comme ces pauvres fous, les parlossolos du Languedoc. La Nation parlossolante...

Prise de cette mortelle Zeliguerie, re-dramatiquement conforme à la société du spectacle. Elle est ni à droite ni à gauche. Un Mitterrand non plus. Pour savoir qui il est, il faut remonter aux origines de sa vie.

L'œuvre au noir

Tel qu'en lui-même, l'éternité le change, mettez une cagoule sur la tête de Mitterrand, vous aurez son vrai visage. En fait, la Cagoule remonte à la nuit des temps : elle attire tous les opprobres, injures et malédictions du monde, écrivait déjà Rabelais. Pour comprendre un homme, il faut savoir d'où il sort ; pour comprendre une société, il faut savoir ce qui lie entre eux les individus qui en tirent les ficelles. Enfin, pour comprendre Mitterrand, il faut savoir que le bon jeune homme traînant jadis au quartier Latin, dents longues, ambitions incertaines, élevé dans un bain familial d'antisémitisme, gentiment antisémite lui-même, serait forcément attiré par la Cagoule, sorte de Ku Klux Klan mi-grand bourgeois, mi-militaire, né des émeutes antiparlementaires du 6 février 1934. La Cagoule avait tous les défauts pour lui plaire, à ce comploteur-né, son goût du secret...

Otto Abetz, ambassadeur d'Allemagne à Paris sous l'Occupation, témoignant au procès de Ribbentrop, disait : « La Cagoule était si à droite que je ne voulais même pas en entendre parler. » Elle a sévi de notre avant-guerre jusqu'aux jours les plus sombres de la collaboration. On lui doit notamment d'avoir perpétré sept attentats antisémites contre les synagogues parisiennes. Copernic de toute éternité ! Même les Allemands la désavouèrent, voulant passer, en ces mois d'automne 1941, pour les gestionnaires d'un nazisme bien tranquille. Raymond Abellio a raconté *(Sol invictus)* cette période trouble, dont il fut l'un des acteurs. Il prétendit avoir brûlé, pour lui épargner les plus grands ennuis à la Libération, les papiers du coffre d'Eugène Schueller, fondateur de l'Oréal, et financier de la Cagoule, qui se réunissait dans les salons lambrissés de la future multinationale nourricière. Mitterrand, mis en place par Schueller aux élections de la Nièvre, en 1946, est d'ailleurs représenté, dans les journaux de ses adversaires, à cheval sur la vache de *Monsavon.*

Ces papiers, je pus en récupérer certains : l'unique exemplaire de la liste complète de la Cagoule, dite liste Corre ; le plan d'un traité de paix entre Mussolini et la France ; des documents divers, plus une correspondance privée de François Mitterrand. En échange de quoi j'acceptai d'empêcher une campagne de presse contre un certain financier suisse d'origine polonaise, de nationalité française, vivant à Washington, aux États-Unis, et ayant jadis usurpé l'identité d'un mort. Je n'en dirai pas plus : ce financier est un complice de Roland Dumas. On retrouve partout les mêmes. Ses avocats ont été Dayan et Mitterrand, pour le sortir des affaires où les trois étaient impliqués. On ne prête qu'aux riches, on murmure qu'il a accompagné le président de la République à la conférence monétaire internationale de Williamsburg... Comment savoir ? Pourquoi Attali est-il si jaloux de lui ? Qu'on ne vienne pas me dire que je ne protège pas, moi aussi, ce président de la République. Opération boomerang : je le décharge de son présent pour mieux l'accabler de son passé, qui lui revient dans la nuque, pour l'abattre par surprise.

La vérité, c'est que Mitterrand n'a jamais aimé les Juifs, comme lui et ses proches haïssent le peuple : « Le clan forme des hiérarchies selon des degrés d'"initiation", il règle la vie de ses membres selon une croyance secrète et fictive qui fait que toutes choses semblent être autres, adoptant une stratégie de mensonges cohérent pour tromper les masses non initiées », écrit Hannah Arendt.

Ainsi le peuple entier est-il devenu le symbole du Juif, de l'exclu, pour celui qui, tel Mitterrand, gros vers blanc, issu de la Cagoule, n'en finit plus de tisser le cocon de la société secrète autour de lui. Il est à la fois paradoxal et remarquable que les organisations totalitaires aient pu emprunter tant de procédés d'organisation aux sociétés secrètes sans jamais essayer de garder le secret de leur objectif. Conquérir le pouvoir au nom du peuple pour Mitterrand et les socialistes, conquérir le monde tout en éliminant l'« héritage biologique inférieur » pour les nazis, œuvrer pour la révolution mondiale pour les bolcheviks. Hannah Arendt nous apprend toujours que ces ressemblances ne sont pas accidentelles : Hitler et Staline avaient tous deux appartenu à de modernes sociétés secrètes avant de devenir des chefs totalitaires — Hitler au service secret de la Reichwehr et Staline à la section de conspiration du parti bolchevique. Nous savons que l'Histoire se répète toujours en farce : Mister Mitterrand n'est que caricaturalement totalitaire, un tyran mesquin.

La scène primitive

Avec la Constitution de la Ve République, l'État a basculé vers la tyrannie, comme Mitterrand n'a cessé de renforcer l'étatisation de la Nation. Ces nationalisations l'ont assez montré pour que j'aie besoin d'y revenir. En revanche, il a laissé s'en rendre maître un homme terriblement secret — comme tel issu d'une société secrète, la Cagoule —, un tyran virtuel et une vedette médiatique obligée de tenir continuellement la vedette de l'actualité — et gare, que les grues n'arrivent pas en retard à Latché... C'est ainsi que la vedette justifie la démocratie : puisque Édouard Herriot était neveu d'une cuisinière lyonnaise, les cuisinières n'ont pas à se plaindre, même si le fourneau chauffe trop fort. Puisque Maurice Chevalier était mécano, les mécanos doivent se tenir tranquilles, rien ne les empêche de gagner des centaines de millions à Hollywood. D'ailleurs, Mauroy ne s'était pas fait prier pour le proclamer : « Le lendemain de l'élection de Mitterrand, des millions d'ouvriers ont passé le portail de leurs usines, plus droits, plus fiers, ils avaient le sentiment qu'ils étaient un peu à l'Élysée. » (TF1, 15 juillet 1981) C'est bien la même bande qu'on voyait en 1938 : « Le socialisme n'a pour les ouvriers que mépris et dégoût », s'écriait aussi l'homme de gauche, Orwell. Laurent Fabius de surenchérir, sur le légitime orgueil du floué : « Chaque militant, c'est le Gouvernement » (Congrès de Valence, 24 octobre 1981). Tu parles...

Mais la haine forcenée du peuple habite Mitterrand, elle est le symbole tout-puissant de la peur qu'il en a. Est-il si sûr qu'il ait appartenu à la Cagoule ? N'est-ce pas une vieille calomnie ? m'objectera-t-on. En aurait-il été que ce serait au fond plus grave que d'avoir défilé avec les camelots du roi, en criant « Mort aux Juifs ! » Ou d'avoir assisté à la prise à partie de Léon Blum, parmi les étudiants royalistes — Blum, agressé pendant les funérailles de Bainville, par une équipe de camelots du roi dissidents —, ceux-là mêmes qui allaient fonder la Cagoule... Scène primitive, si je puis dire, qui le marqua à jamais, puisque c'est ainsi, lors de l'affaire de l'Observatoire, que Robert Pesquet réussit à le convaincre de participer à un faux attentat pour se remettre en selle, et redorer son blason.

Tu auras sans doute la gauche derrière toi, tu te feras une gueule à la Léon Blum, lui dit-il. Après, plus besoin d'expliquer : il a tout combiné lui-même ! Laissez-moi faire, j'organise tout, déclara-t-il. Se rengorgeant aussitôt, il rêvait déjà de ce chapeau à larges bords du vieux chef socialiste, il l'avait déjà, le comédien, avant de se le mettre si souvent sur la tête depuis.

Effectivement, il serait extrêmement ennuyeux pour Mitterrand d'avoir appartenu à la Cagoule. Cela démontrerait que la gauche a placé à sa tête son pire ennemi — et qu'il a déchiffré ainsi le palimpseste du passé ; il était écrit qu'il la trahirait. Singulière prédestination que celle qui voue l'homme, comme la vague, à se fracasser indéfiniment sur le même rocher. Se recommandant de tous les saints du paradis de la gauche, il ne faisait que prêcher pour son propre saint, lui-même. Baladez-vous dans les banlieues socialistes, les noms de tous ces saints laïques, comme Pasteur le disait de Littré, y figurent à tous les angles, sur plaques à fond bleu encadré de blanc : boulevard Salengro (les premières calomnies qui entraînèrent son suicide partirent de la Cagoule), place Dormoy (assassiné par la Cagoule), avenue Léo-Lagrange ; où autant de rues portent les noms de Pierre Cot, Jean Zay, Léon Blum, Yvon Delbos, Marius Moutet, avant d'aboutir à l'impasse

Mitterrand... La Cagoule voulait prendre le pouvoir, elle l'a pris. Mais en la personne de François Mitterrand, le petit archange noir, comme on l'appelait à Vichy ; toutes les fées de la Cagoule se sont penchées sur le berceau idéologique de cet enfant. Ah ! oui, c'était bien un enfant de Marie — Marie, le pseudonyme d'Eugène Deloncle, le chef de la Cagoule, abattu à l'heure du laitier, rue Lesueur, dans le XVIe arrondissement. Cela se passait le 10 octobre 1944. Il aura fallu exactement trente-sept ans pour que Deloncle ressuscite en Mitterrand.

Je n'ai pas de preuves juridiques de son appartenance à la Cagoule. Aucun tribunal ne me donnerait raison. Il y a prescription pour les crimes contre l'humanité.

Nul n'est censé l'ignorer : le droit étant là pour protéger les menteurs, il ne peut qu'être indulgent pour le président de la République, premier magistrat de France. J'ai bien pire contre lui ; je l'accuse scientifiquement d'avoir été cagoulard, au nom de la loi des coïncidences de Bacon. C'est ainsi que s'est fondée la physique expérimentale, inappréciable instrument de vérification des intuitions extrêmes.

Un coup de dés n'abolira jamais le hasard. Tout ceci pouvait n'être que coïncidences. Tout le monde se connaît dans l'oligarchie, devait me confier un vieil ami de Mitterrand, qui, sachant sa fragilité, cherchait lui aussi à la protéger. Constatons que le hasard a bien fait les choses, à en juger par le coup de pouce décisif que la Cagoule a donné à la carrière de Mitterrand.

Ses membres l'ont protégé toute sa vie, ils le protègent encore. Toujours, ils l'ont poussé, toujours, ils lui ont sauvé la mise ; toujours, il leur en a été reconnaissant, passe-moi le séné, tu auras la rhubarbe, il les a toujours protégés quand ils eurent besoin de lui. On assure qu'une chose est vraie, en physique expérimentale, à la cinquième coïncidence : ici, j'en ai dénombré vingt et une, toutes aussi troublantes.

L'assassin revient toujours sur les lieux de son crime, le nostalgique lamartinien aussi. Le paysage est, au même titre qu'un état d'âme, qu'une terrasse de café, l'habitude prise d'une conspiration : quand Mitterrand eut rendez-vous avec Pesquet, au lendemain du faux attentat de l'Observatoire, pour le jauger, pour comprendre comment il allait poursuivre son mensonge, il lui proposa cinq millions, que ce dernier refusa. Ce fut au *Cristal*, à l'angle de la rue Lesueur — domicile de Deloncle — et de l'avenue de la Grande-Armée, rendez-vous des cagoulards, pour y boire un verre. Première coïncidence. Comme son nom l'indique, le *Cristal,* pour mieux vivre dans le glauque ! Il faut attaquer Mitterrand par sa principale faiblesse, son âme littéraire. Décidément, le hasard n'existe pas, il est scientifique ! Deuxième coïncidence : ce n'est pas un hasard si, se dissimulant sous un faux nom pour faire sa scintigraphie au Val-de-Grâce, il choisit le nom de Blot, le pseudonyme d'un jeune cagoulard de l'entourage de Deloncle.

Était-ce son nom clandestin ? Les Latins avaient bien compris la nature de l'intelligence, *intelligere, lier* les choses entre elles. Le démon de l'analogie me saisit, comme Mitterrand, hanté lui-même par le souvenir d'une société secrète, se devait de choisir celui d'un de ses membres pour procéder à un examen secret. Si nous avons attendu si longtemps pour savoir s'il avait, ou non, un cancer, c'est que cette scintigraphie, à l'analyse infiniment délicate, n'était décelable qu'à la lueur vacillante du passé.

Je ne sais rien de la santé du président, je le suspecterais plutôt de ressembler au Volpone, de Ben Johnson, faisant courir lui-même des rumeurs sur sa santé pour découvrir ceux qui le trahissent. Ajoutons-y que, se faisant suivre au moindre déplacement par un chirurgien vasculaire, personne ne s'est avisé de ce détail... Ce qui est sûr, c'est que ses bulletins de santé sont autant de mystifications. Ils parlent d'examen approfondi. Comment peuvent-ils oublier l'appareil uro-génital ? La prostate d'un homme de soixante-dix ans ! Alors pourquoi en publie-t-il ! Par rage de mentir. Parce que, mort, il l'est déjà. Partout où il va, ce zombie poursuit ce travail de deuil ! Il est même le premier homme politique à s'être collé un masque mortuaire de son vivant. Sur son lit de mort, il aura sa vraie force tranquille, enfin ! Comme sont morts tous les personnages officiels, qui n'ont droit qu'à des gloses creuses, des commentaires plats, des discours vains, convenus, et des embobinages de clichés en bandelettes, dont on les momifie de leur vivant. Il faut attendre qu'ils meurent pour les décrire d'une manière vivante — c'est-à-dire un tant soit peu aiguë, vraie —, comme les peuples devraient les choisir en connaissance de cause — et connaître ceux qui les gouvernent... Mitterrand devrait m'être reconnaissant, j'en fais un personnage vivant. Je le fais même revivre. Le temps mis à déchiffrer les clichés du buste de Mitterrand s'explique enfin : sa radio était mystérieusement obscurcie. Selon ses médecins, perplexes, on eût cru qu'il avait une cagoule dans le thorax : il avait avalé la sienne. En fait, il souffrait d'une occlusion intestinale. Mais il n'était pas malade, c'est la France qui est malade de lui. Grâce à ce livre, sous peu, elle le vomira. Je suis son doigt au fond de la gorge, pour qu'elle le rende...

Cessons de plaisanter. Constatons aussi que les cagoulards changeaient souvent de pseudonymes : la plus grande mode, pour eux qui comptaient occuper Paris en arrivant par les souterrains, aura été de se donner des noms de stations de métro. *Saint-Jacques,* alias Duclos ; *Passy,* alias le fameux colonel Dewavrin, immédiatement promu grand-croix de la Légion d'honneur, après l'élection de Mitterrand. Il y en avait bien d'autres : *Corvisard, Bienvenuë, Barbès* ou *Drouot.* Tout homme est double, c'est bien connu : plutôt que de choisir le nom qui lui eût le mieux convenu, *Pantin,* ce vieux pantin de Mitterrand se donna, troisième coïncidence, dans la Résistance, celui de *Morland**, autre vieux souvenir de la pratique cagoularde, n'ayant aucun titre pour s'appeler *Sully,* il le pressentait déjà, le ministre qui a le mieux enrichi la France.

Comme tout passe aussi chez lui par la famille, la quatrième coïncidence ne pouvait manquer d'être familiale. Mitterrand s'est allié à la Cagoule par son frère Robert qui épousa, en premières noces, Édith Cahier, *la propre nièce de Deloncle.* Cette dernière garde toujours précieusement dans son coffre la photo jaunie du maréchal Pétain décorant personnellement Mitterrand de la francisque — ce que Mitterrand a toujours nié, prétendant l'avoir reçue malgré lui, alors qu'il était à Londres. Mensonge, mensonge...

Francisque Mitterrand

« Je te frapperai sans haine et sans colère, comme un boucher », disait Baudelaire. À l'étal de l'Histoire, je fais de même. « Garçon, un sauté de veau », ordonnai-je une fois à Mitterrand, à l'*Hôtel du Vieux Morvan,* à Château-

* La station de métro s'appelle Sully-Morland.

Chinon. Dans la pénombre, distrait, je l'avais pris pour le serveur, ce jeune veau qui sautait si bien par-dessus les grilles de l'Observatoire : certes, dans le champion rouillé, alourdi, qu'est devenu Mitterrand, on reconnaîtrait difficilement ce ministre un peu sauteur de la IVe République.

Cinquième et sixième coïncidences : l'un de ses deux parrains (tous deux cagoulards, comme de bien entendu) de la francisque, Arbelot de Vaqueur — l'autre étant Gabriel Jeantet — devait écrire drôlement de lui : l'Histoire s'écrit lentement, celle de François se poursuit, jalonnée d'audaces, de luttes, de sauts d'obstacles...

Fine allusion à l'affaire de l'Observatoire ? Les Français, eux, n'ont pas vu d'obstacle à ce qu'il soit le seul président de la République à avoir reçu la francisque, ce maniaque des décorations, pour qui ce fut, sinon la plus belle de toutes, en tout cas la plus méritée — si l'on juge que les autres n'auront été que les récompenses de ses impostures successives. Francisque Mitterrand, c'est avec cette fameuse francisque, en équarrisseur paisible, que j'en découpe les bas morceaux de vieille viande avariée. Même les chacals n'en voudraient pas. Jadis veau, aujourd'hui vache sacrée ! Plus pour longtemps, j'en suis bien triste pour lui... mais, comme disait Mermaz, au Parlement, fin janvier 1984, à d'Aubert et Toubon qui mettaient bien timidement en doute le passé de Mitterrand sous l'Occupation allemande, c'est une question de morale. Leur moralité et la nôtre n'ont rien en commun. La leur est un mot magique d'intimidation. Ils en ont plein la bouche, comme l'écrivait Thomas Mann *(Considérations d'un politique)*, de cette réthorique malveillante et à la française qui offense, en revendiquant pour son compte toute la morale là où il n'y a plus de gauche. L'aventure mitterrandienne s'est déroulée en dehors et aux dépens de toute vérité, donc de toute morale. En fait, nous avons assisté ce jour-là à un exemple typique de l'intolérance doctrinaire consistant à nier et à diffamer toute la morale qui ne relève pas de la politique — la morale vraie et la politique sont antagonistes. Une fois de plus, le recours à la technique de l'exorcisme, le chamanisme à l'usage du petit-bourgeois, et la morale affichée, haineuse et langoureuse ont réussi à clore le bec des parlementaires un peu jeunots de la droite complexée. Que pouvaient-ils répondre ? Ils auraient mieux fait de me demander les dossiers, je les leur aurais d'autant plus volontiers fournis que n'importe qui peut se les procurer à condition de savoir lire les textes publiés. Les nouveaux illettrés, pas besoin de chercher loin, ils nous représentent. C'est au Palais-Bourbon qu'on les trouve. Comme à la Samaritaine, on y trouve, y compris, septième coïncidence, le cagoulard de service — ils le protègent toujours, je vous le répète —, Bénouville, ancien rédacteur en chef, en 1941, du journal antisémite *l'Alerte*, et cagoulard mondain, pour prendre hautainement la défense du président de la République : Cagoule oblige.

Au moins, ces gens-là ont le sens de l'honneur ! Heureusement qu'il y a eu la droite pour se porter une fois de plus au secours de Mitterrand. Sinon la gauche, dont, ce jour-là — les vieux caciques devaient bien rire sous cape dans les travées —, le réquisitoire aurait été implacable. Jeunes élus socialistes, je suis à votre place votre honneur à vous, puisqu'il paraît qu'il s'est enfui dans les rangs de l'opposition, je vous le sauve. La justice, cette fugitive du camp des vainqueurs !

Il a tellement ramé pour l'avoir, sa francisque, ce frénétique des décorations, hochets dérisoires, que ce serait un déni de justice de ne pas la lui restituer : un sympathique arriviste, nommé Mitterrand, en brûle d'envie. Donnonsla-lui donc, disait Jean de Fabrègues, qui la refusa pour lui-même aux cagoulards, maître secret de l'ordre. Quant à Jeantet, son deuxième parrain, sorte de gentleman oxfordien du terrorisme, il confia quelque temps avant de mourir à Claude Adam : « Quand je rencontre par hasard Mitterrand, il est charmant ; mais enfin, il a bien signé un serment d'allégeance au Maréchal ! » Mitterrand, nous voilà ! Il lui a fallu jurer, par ces mots : « Je fais don de ma personne au Maréchal Pétain, comme il a fait don de sa personne à la France. Je m'engage à le servir et à rester fidèle à sa personne et à son œuvre. » (*Brevet* n° 2202, 16 août 1943) Fidèle, il l'est resté, ce n'est pas moi qui le lui fais dire, mais *l'Humanité Dimanche* (1951) : « Il n'est pas un parjure, fidèle à son serment, il est toujours resté dans la tradition vichyste. » Merci camarades ! Bons baisers de Vichy ! Ce sont des choses qu'on ne peut fuir. Elles finissent toujours par vous rattraper.

L'ancien ministre Pierre-Bloch, président d'honneur de la LICRA, me signala aussi le témoignage édifiant du célèbre socialiste Jules Moch : « Mitterrand dit avoir pratiqué le double jeu pendant cette période, afin de garantir son action pour la Résistance. C'est, selon lui, en qualité de président d'un mouvement de prisonniers qu'il a été proposé pour la francisque, la décoration de Pétain. Elle ne lui aurait d'ailleurs été attribuée qu'après son départ vers Alger et vers de Gaulle, en sorte qu'il ne l'aurait jamais portée. Le fait est certainement exact. Mais il n'empêche pas que le *Journal officiel* du 20 décembre 1941 précise que, pour obtenir la francisque, il faut “avant la guerre avoir pratiqué une action nationale conforme aux principes de la révolution nationale” ; ensuite, “manifester depuis la guerre un attachement actif à l'œuvre et à la personne du Maréchal”, enfin solliciter la francisque par écrit, en faisant appuyer la demande par deux témoignages de décorés de l'ordre. Même expliquée par un double jeu, cette attitude ne peut pas ne pas heurter des Résistants. » (*Une si longue vie*)

L'opposition aurait pu mettre Mitterrand dans une situation prodigieusement embarrassante. Décidément, comme disait Guy Mollet : « Nous avons la droite la plus bête du monde. »

« Nier serait s'abaisser, et pourquoi répondre ? » devait déclarer Mitterrand, avec l'art de l'esquive qu'on lui connaît bien. Avouer serait-il donc s'élever, et pourquoi se taire ? Il ne s'est pas tu, il s'est justifié comme il a pu. Mitterrand, maladivement inapte au vrai : on ne découvre qu'il ment que dans la mesure pitoyable où ses propres mensonges se contredisent entre eux, et qu'avec chaque mensonge démasqué un nouveau mensonge vient interférer, mensonge ensuite démenti, comme autant de peaux d'oignon que, à force de les arracher en vain, même les plus vieux crocodiles en ont les larmes aux yeux. Ah, l'attendrissant personnage, on s'en veut presque de lui faire de la peine ! Il ne serait pas président de la République, je serais tout indulgence : à partir du moment où un homme a la prétention de représenter la Nation, tout de lui doit être mis à nu.

Ainsi le coup de la surprise ou de l'ignorance ne marchant plus, Mitterrand changea de défense : il prétendit qu'il avait accepté la francisque (nous savons désormais qu'il fallait la solliciter) sur ordre de la France libre, afin de mieux donner le change sur son activité de Résistant. La France libre ne lui donna *jamais* cet ordre ; et pour cause : il n'avait pas d'ordre à recevoir d'elle, n'en ayant jamais fait partie. C'est lui aussi qui l'a dit : « J'ai refusé de m'y engager. » C'est pourquoi, à son arrivée à Londres, la

Résistance se serait vengée du refus héroïque qu'il lui opposa : « On m'enferma dans une chambre sans porte ni fenêtres avec mes brodequins crottés de boue angevine et ma chemise de trois semaines », écrivit-il lui-même. Une première remarque au passage : comment fit-il pour y entrer, puisqu'il n'y avait pas d'issue pour en sortir ? Sans doute s'essayait-il à un nouveau personnage de roman : le Passe-Muraille, de Marcel Aymé. Seconde observation, qui revient sans cesse : sa crasse. Consultons attentivement les dates, notamment celle de son départ à Londres : « Un petit avion, un Lysander, me récupéra dans une prairie, près d'Angers, en novembre 1943 », écrit-il encore dans *Ma part de vérité.* Plus précisément, le 15 novembre 1943. Notons au passage qu'il attendit la fin 1943 pour se rendre compte que Hitler avait perdu la guerre. Mais c'est la confusion des dates qui est la plus révélatrice. Elle accable Mitterrand, il suffit de lui laisser dire :

« J'étais à Alger, précise-t-il, en mission pour la Résistance, quand le décret m'attribuant cette décoration, la francisque, fut pris, en automne 1943 ; je ne l'ai donc jamais reçue. » *(Ma part de vérité)* Or, elle lui a été décernée quatre mois plus tôt, très exactement le 16 août 1943, ce qui correspond à la numération chronologique des remises de décorations. De qui se moque-t-il ? Sûrement de lui-même, le pauvre homme. « J'ai la mémoire qui flanche », devrait-il nous chanter. Il est vrai que l'amnésie arrange très souvent les hommes politiques, Mitterrand souffre d'un excès contraire, par une accumulation de détails, qui, d'une version à l'autre, finissent par le perdre.

Sa décoration, il fallait bien qu'on la lui épingle...

Décidément, tout coïncide. Quand il arriva à Vichy, le président du Conseil, Laval, qui détestait les cagoulards, ne voulut pas de Mitterrand dans son cabinet : « Ce cagoulard, jamais », trancha-t-il quand on lui présenta sa candidature. *Huitième coïncidence.* C'était toujours une coïncidence, bien sûr, la neuvième, quand il put enfin faire ses premières armes littéraires, grâce au cagoulard Jeantet, rédacteur en chef de la revue officielle de Vichy, *France, revue de l'État nouveau :* « Je songerai aux jugements qui condamneront notre débâcle, on incriminera le régime affaissé, les hommes nuls, les constitutions privées de leur substance, et on aura raison. » Laborieuse envolée qui aurait eu sa part de vérité s'il l'avait seulement sortie trois ans plus tôt.

Vulgaire spécimen de propagande pétainiste, datant de décembre 1942 — c'est-à-dire qu'il vise, au lendemain du procès de Riom qui vit leur condamnation, les principaux leaders de la gauche, Blum, Dormoy, Cot et les autres. Comme quoi l'idéologie cagoularde pesait toujours sur lui, désormais passée au tamis du loyalisme au maréchal. Les feuilles de chêne et les glands de ce képi l'ont même fort impressionné, gageons-en, comme les bonniches le sont par l'uniforme, pour qu'en 1981 il fasse de l'arbre l'emblème personnel de son septennat. Il est vrai que, à l'image du personnage, il s'agit d'un arbre hybride : l'olive et le gland pendouillent à la même branche. Pauvre Gland ! Outre l'indigence de son registre métaphorique, reconnaissons qu'il a tout fait pour se faire bien voir des chefs de la collaboration.

Passe encore pour la francisque, qu'il aura toujours tatouée au cul... Mais depuis quand les textes n'engagent-ils plus ceux qui les écrivent ? Ce qui est sûr, Mitterrand a beaucoup trop écrit : il n'a pas même l'excuse du talent, qui nous aurait permis, n'eût-il pas même de carrière politique, de n'avoir qu'un mépris amusé pour ses errements.

Heureusement qu'il y avait la Cagoule, dont il fut décidément l'enfant prodige !

Dans ces conditions, dixième coïncidence, comment s'étonner qu'un autre cagoulard, Jean Védrine, père de l'actuel conseiller à l'Élysée, ait estimé devoir remettre un peu d'ordre au mauvais roman de Mitterrand écrit par un certain Mitterrand : son énorme dossier des prisonniers de guerre rapatriés. 1940-1944, j'y reviendrai plus tard, est la seule tentative cohérente pour crédibiliser la mystification permanente dont notre bonhomme s'est rendu l'auteur. Il fallait bien que l'aile tutélaire de la Cagoule le couvât plus longtemps qu'il n'était prévu : qu'elle lui attribuât la francisque, qu'elle lui trouvât du travail quand il perdit le sien, ou qu'elle cautionnât sa Résistance. « Ô temps, suspends ton vol ! » souffle-t-elle à notre lamartinien. Ce dossier des prisonniers de guerre est sorti, comme par hasard, en juillet 1981, deux mois après l'élection de Mitterrand à la présidence. Distribué gratuitement dans les bibliothèques, tout à la sauvegarde de la gloire menacée de Mitterrand, c'est un monument d'édification.

Nous sommes en plein dans ce que Michel Caillaud, alias Charette dans la clandestinité, appelle « un Roman créé par lui et quelques personnes ». Qui reprocherait à Mitterrand d'avoir évolué vers la Résistance à la fin de la guerre, au moment où les Allemands étaient vaincus sur tous les fronts (F. O. Giesbert, *François Mitterrand ou la tentation de l'histoire*) ? C'est toujours Pierre-Bloch qui rapporte, cette fois dans ses Mémoires, *Jusqu'au dernier jour*, que Mitterrand, en 1973, dans une interview de *l'Expansion*, avait accusé Charette qui aurait dit qu'il fallait « se débarrasser de Mendès France et de Mitterrand à la Libération ». Charette attaqua en correctionnelle, à la XVIIe chambre, sur le verbe : débarrasser. Laissons-lui la parole : « L'affaire se complique. Nous sommes à la veille de l'élection présidentielle. L'article 6 du code électoral prévoit qu'un citoyen condamné à plus de 3 000 francs d'amende est privé temporairement du droit de vote et surtout d'éligibilité. La ficelle est grosse. Badinter va tout faire pour empêcher le tribunal de juger le jour même. Le jugement est rendu le 24 avril. Badinter fait appel et fait ouvrir le greffe du tribunal en ma présence pour suspendre l'exécution de la sentence. »

Le 4 mai, bien caché dans une rubrique de *France-Soir* intitulée « Officiers ministériels et ventes par adjudications », on peut lire : « Tribunal de grande instance de Paris (XVIIe chambre, jugement du 24 avril 1973). Le Tribunal... attendu... que l'imputation de se débarrasser... constitue une atteinte certaine à son honneur : ... déclare François Mitterrand coupable du délit de complicité de diffamation publique envers un particulier... condamne F. Mitterrand à 2 000 francs d'amende. »

Oui, on a souvent eu chaud. La chance sourit d'autant mieux aux sombres fripouilles qu'on ne tardera pas ici à découvrir en détail les excellents liens que Mitterrand a entretenus depuis toujours avec les milieux de la magistrature, et comment il a réussi à les corrompre.

Parce que sa résistible ascension ne s'est pas faite toute seule. Il fallait bien que ces fameuses coïncidences — propriétés en géométrie qu'ont les lignes, les surfaces de se recouvrir exactement quand on les superpose — servent à abriter ce Président à géométrie variable, politiquement s'entend. Comme les choses tombent bien — du latin médiéval, *coincidere*, tomber ensemble. Oui, il fallait bien, onzième coïncidence, que Mitterrand eût un bon copain cagoulard, dès le jardin d'enfants, Bouvyer, natif comme lui de Jarnac. Il fallait bien, douzième coïncidence, qu'il en eût un autre avec lequel il fit ses études à Angoulême,

Filliol, le tueur le plus notoire de la Cagoule, dont je rappellerai au passage qu'il brisa la vitre arrière de la voiture de Léon Blum, lors de sa prise à partie par les camelots du roi. Il fallait bien, treizième coïncidence, qu'un certain Méténier François Marie, né le 2 mai 1896, à Jaligny (Allier), soit vingt ans tout juste avant un certain François Marie Mitterrand, lui vouât une affection débordante. Lui, c'était le chef de la branche militaire de l'organisation ! En outre, comme Mitterrand, il jouait au séducteur. Sans ce Méténier, Mitterrand aurait-il pu même jamais venir au monde ? Ce livre non plus. Comment savoir ? Ce qui est sûr : nos deux François s'aimaient d'amour tendre. Au tennis, ils faisaient équipe en double. Ils s'échangeaient leur chemisettes Lacoste, trempées de sueur, où ils avaient fait coudre leurs initiales communes, F. M. — tout en escamotant forcément l'initiale secrète, le *Marie*, pseudonyme d'Eugène Deloncle. Jusqu'à sa mort survenue en 1953, il resta très lié à Mitterrand. Il pouvait tout se permettre avec lui. Patriote, il lui est arrivé d'en dire pis que pendre : « Ce salaud ne s'est jamais évadé », dit-il, un jour, à Hubert Fourcade. Il devait en savoir quelque chose. Mais ils se réconcilièrent toujours, comme si de mystérieux liens ne pouvaient les détacher l'un de l'autre : Méténier faisait comme chez lui dans les premiers ministères de Mitterrand. Étrange privilège auprès d'un homme si habituellement réservé et soucieux du protocole : il entrait quand il voulait dans son bureau, bousculant les huissiers, il s'asseyait dans son fauteuil, il mettait les pieds sur sa table. J'ai même entendu dire que Méténier était le père de Mitterrand. Les dates correspondent, sa jeunesse en Charente, où il aurait pu rencontrer sa mère. La ressemblance physique est frappante ; même nez, même écartement du front et même menton massif. Laissons ces énigmes à d'autres.

Je ne suis pas de ceux qui s'interrogent pour savoir si le général Weygand était le fils de la reine des Belges, ou Edgar Faure, celui de l'ambassadeur russe Korniloff, dont il est au reste la vivante réplique. Ce qui est sûr : si Méténier n'était pas le père de Mitterrand, il a été un père pour lui — et la Cagoule, une mère.

Plus tard, quatorzième coïncidence, partant au Maroc en 1943, après Alger, c'est le cagoulard Lemaigre-Dubreuil, farouche antigaulliste, qui l'hébergea. Quand plus tard on assassina Lemaigre-Dubreuil dans sa voiture, pendant l'indépendance marocaine, les tueurs à la mitraillette épargnèrent la vie de son petit ami, assis sur la même banquette, un modéliste de chez Dior : « Couche-toi, Simone ! » lui crièrent-ils. Sous mes rafales, Mitterrand ferait mieux de se coucher dès maintenant, comme il s'est couché sur les gazons des jardins de l'Observatoire. Sa manie, se coucher.

Décidément, je lui fais faire son chemin de croix de coïncidences. Puissent-elles le crucifier à chaque station ! la quinzième, au procès de la Cagoule, en 1948, il a témoigné pour Jeantet ; non sans avoir délivré, au préalable, comme ministre de la Justice, des laissez-passer pour l'Amérique du Sud aux cagoulards les plus compromis avec les Allemands : Érard, dit *André*, du SD allemand, milicien de la pire espèce, connu pour avoir torturé plus de cent juifs, seizième coïncidence ; Tenaille, dix-septième coïncidence ; Bouvyer bien sûr, perdu dans la Pampa argentine — dix-huitième coïncidence ; Fauron, ex-fiancé de la fille de Deloncle... Si ce n'est déjà plus une coïncidence. Réalité scientifique et non plus coïncidence qu'Eugène Schueller, financier de la Cagoule (son parrain secret), l'a porté à la fois sur les fonts baptismaux de sa première élection dans la Nièvre, et à la tête du journal *Votre Beauté*, lors de sa défaite ; c'est tout de même une coïncidence en surnombre. Au diable l'avarice ! La vingtième coïncidence est à mettre à l'actif de Mitterrand. En bon fils, il a assisté à l'enterrement de Méténier ; comme d'ailleurs il s'est rendu à celui du docteur Martin, le cagoulard célèbre, vingt et unième coïncidence. Celui-là, on se demande bien pourquoi, sûrement pour multiplier les coïncidences afin que les traces de son passé ne soient plus discutables.

Décidément les lois scientifiques sont plus implacables que celles régies par le droit.

Tout s'explique désormais selon une logique qui découle d'elle-même : Mitterrand a d'étroits rapports d'amitié avec l'Oréal, dynastie multinationale de la Cagoule. Ses derniers survivants disparaissent désormais les uns après les autres, mais la firme a embauché d'anciens membres de l'organisation. Il y a Harispe à l'Oréal-Espagne. Là aussi, il y a eu le fils et la fille de Filliol, sous le nom de Lamy. Quant à la fille de Schueller, elle a épousé l'ancien ministre Bettencourt, l'autre condisciple de Mitterrand chez les maristes. En somme, tous frères, ou enfants de Marie ! Quant au président de l'Oréal-USA, il s'appelle Corrèze. Il est le mari de Mercédès Deloncle, veuve du grand chef de la Cagoule. Il descend toujours, quand il séjourne à Paris, dans le vaste appartement, qui lui appartient désormais, de la rue Lesueur. Il songe à Marie, lui aussi. Là, je lui ai rendu visite un soir, entre les colonnades de marbre, les plantes grasses et les tapis précieux : il ne m'a rien dit, mais il sait tout de la Cagoule.

Parce qu'ils sont plusieurs à protéger Mitterrand, même s'ils ne l'aiment pas tous. Dans les bonnes familles, on ne renie jamais ses enfants, même si on ne met pas tous ses œufs dans le même panier. Les miroirs sans tain, derrière lesquels jadis Deloncle faisait photographier les gens qu'il était en train de corrompre, protégeaient aussi Mitterrand de ces secrets engloutis à jamais et fixés pour toujours en ces lieux d'un orientalisme 1930.

La Cagoule était bien morte. Mitterrand l'a fait revivre en lui par les suavités plus sympathiques du Grand-Orient, en maçon dont le moins qu'on puisse dire est qu'il n'est pas franc du collier, ce collier de la légion du déshonneur. La Cagoule l'a forgé, façonné de la tête aux pieds. La société secrète est la matrice dont il est le poinçon lugubre. Elle est la véritable histoire cachée de sa longue marche vers le pouvoir. C'est pourquoi il a toujours été reconnaissant à la Cagoule. Il l'a ressuscitée, déguisé en pitoyable Lazare chamarré...

La société secrète

Comme le XXe siècle s'est ouvert sur la séparation de l'Église et de l'État, je prononce solennellement, à la veille de notre troisième millénaire, la séparation de l'État et de la société secrète. Elle est aux commandes, une police invisible, omniprésente, société anonyme à irresponsabilité illimitée dont les délits inavouables ne peuvent se perpétrer qu'à condition de rester ignorés : le glauque est mis, la couleur mitterrandouteuse par excellence. Ce n'est pas par hasard : « La démocratie est fondée sur la vertu », déclarait Montesquieu, et le despotisme, sur la police. L'accablante constitution de la Ve République a mis en place une démocratie hybride, mi-tyrannique, mi-représentative.

Sauf que de Gaulle était vertueux, Mitterrand ne l'est pas, donc doublement despote. En plus c'est un tyran tenu, somme toute tyrannisé par les siens. S'il tient formellement ses complices, en tant que chef de la société secrète, le plus tragique, c'est qu'eux le tiennent réellement. D'où son immense loyauté, il ne peut rien leur refuser. Aux autres il refuse tout. Car pour la société secrète, quiconque n'est pas expressément inclus est exclu. De suspect on devient vite alors un ennemi objectif. En imaginant que je pourrais, un jour, écrire ce livre, mon crime, Mitterrand l'a rendu possible.

Il est vrai que mon allégeance politique aura duré très exactement onze jours : du 10 mai au soir au 21 mai 1981, date de la cérémonie grotesque du Panthéon. On ne pouvait pas ne pas être accablé par les puissants éléments d'idolâtrie laïque qui s'y combinaient, en un pathos de bric et de brac symbolique suranné. Décidément, c'était le style vieillot, pompier et grand-guignolesque de son et lumière de patronage. La beauté sauvera le monde, disait mystérieusement Dostoïevski. Ici, c'était la laideur orchestrée, par Barenboïm, à grands frais, à l'usage des têtes molles, qui le perdait. Cet après-midi-là, sous la pluie, c'était le panathéisme, le Wahalla socialiste, devant le temple de la déesse Raison, marche radieuse vers l'avenir, tricotée maille sur maille, l'espoir est avec nous — sûrement pour réchauffer les soldats inconnus de la République. Nonobstant, mes narines ouvertes en naseaux humaient les cassolettes d'encens des vieilles fumées revenues : celles de ce temple, à coup sûr le plus hideux monument de Paris, *Hymne à la joie* de Schiller ! Beethoven, Barenboïm, boum, boum, badaboum. Zeus lui-même mêlait ses éclairs aux cuivres et aux cors — si bien que j'abritais Danielle Mitterrand sous mon parapluie au parterre de la mairie du

Ve. Entre Wagner et Tino Rossi, le double de Tonton. Entre les maîtres chanteurs — si vous critiquez, vous n'êtes pas de gauche — et Marinella, c'était François Mitterrand, en chaussures Weston, dont une doublure au port mussolinien répétait la scène une heure plus tôt.

Déjà, je commençais à me dire, comme Nietzsche : Non, je ne suis pas des vôtres. Que voulait Mitterrand, le magicien ? Comme l'écrivait déjà Flaubert : « La magie croit aux transformations immédiates par la vertu des formules exactement comme le socialisme. » Ou voulait-il jouer à Majax ? Ou à Jésus, avec la multiplication des pains ? Entrer avec une seule rose à l'intérieur du Panthéon et réussir à en déposer trois sur les tombes, fallait le faire ! Traveldingue ! Ah, que nos maîtres sont à plaindre, qui ne font lever autour d'eux que de vieilles ivraies blêmes et fades ! Barenzoom, zoom, zoom, bruit de pas, paf, paf, pieds dans le plat, crissement de cuir neuf, paf, paf et repaf, bzz, bzz : entrée du vampire. Beurk ! Vous l'avez tous vu, Français, avec ses canines limées, se recueillir tout seul dans la crypte. Seul, tu parles ! Ce recueillement public ! Invite-t-on cinquante millions de téléspectateurs quand on va aux chiottes, ou photographie-t-on quelqu'un en train de prier ? Jean-Paul II, dans la grotte de Lourdes ? Du porno cérébrospinal de vieux singe. Mitterrand commençait déjà à étaler sa vie privée en public.

C'était si déplorable et indécent que j'éclatai de rire derrière la colonnade. D'abord je ne compris pas pourquoi, je compris seulement après coup : ce rire me monta tout seul du fond de mon ventre, de plus en plus fort, inextinguible, un rire involontaire, un rire d'enfant, le rire de la vérité...

Ce rire me coûta ma carrière politique, mes emplois, mes émissions de télévision. J'avais beau le cacher, il se faufilait en douce dans mes bloc-notes du *Matin.* Entre les mots qu'il pliait en deux de rire. Quand j'étais invité à déjeuner à l'Élysée, en pleine discussion sérieuse, le souvenir de cet épisode me revenait soudain inexplicablement pour tout détruire. Je pouffais dans ma serviette, avec laquelle j'espérais me dissimuler en prétextant une quinte de toux. Je m'enfuyais précipitamment aux toilettes, et bientôt j'espaçai mes visites en prétextant, pour m'excuser de la persistance de mon foutu mal de gorge. Je me faisais gorge chaude à moi-même. Avec la meilleure bonne volonté du monde, rien à faire. Ce rire m'a perdu, mais il m'a sauvé — et peut être va-t-il même sauver la France.

Décidément, la politique ressemble au jeu de l'oie : à chaque fois qu'on nous renvoie huit cases en arrière, on a l'outrecuidance de prétendre en même temps que nous venons de faire un grand bon en avant. Parce que la ressemblance peut-être la plus troublante entre les sociétés secrètes et les mouvements totalitaires réside dans le rôle qu'y joue le rituel. À cet égard, les défilés autour de la Place Rouge, à Moscou, ne sont pas moins caractéristiques que les pompeuses cérémonies de Nuremberg. D'un côté les nazis avaient la bannière de sang, de l'autre les communistes ont le cadavre momifié de Lénine — nous rappelle toujours Hannah Arendt. De toute évidence, caricaturalement, l'intronisation de Mitterrand au Panthéon aura ressemblé à la mise en scène, pour le plus grand nombre, d'un rituel secret dont l'expérience commune unit ses membres plus solidement que la connaissance commune du secret lui-même. De plus, le fait que le secret des mouvements totalitaires soit exposé au grand jour ne change pas grand-chose à la nature de la société secrète. Sous les giboulées de printemps, ses membres s'étaient agglutinés autour du hideux temple laïque. Ils étaient tous là. Ils se pavanaient, malfrats indécrottables et pompeux. Depuis, ils se sont installés. Ceux-là, les parasites qui l'ont dépossédé de sa décision. Il n'a ni les pouvoirs ni l'envergure d'un président de la République, par vice de fond, vacuité ontologique.

La décision, il ne la prend jamais, elle lui est prise, extirpée, arrachée du gosier au prix d'une interminable suite d'extrêmes marchandages dans les souks de l'Élysée. Elle se pèse, elle se soupèse à l'aune des divers chantages qu'il subit, ou fait subir à autrui. Parce qu'il n'en a rien à dire ou ne sait rien de rien, il joue son passé : il ne parle pas, ce sont des bulles qui sortent de sa bouche. Il a misé trop haut ; pour une fois, l'habit n'aura pas fait le moine, et la fonction présidentielle aura défait l'homme. Au lieu d'y jouer au chevalier à la Rose lors de cette impayable cérémonie du Panthéon, il aurait mieux fait de revêtir son vieux manteau d'arlequin, sa vraie tenue présidentielle, de débris de la IVe, ce survivant miraculé de mille ténébreuses affaires jamais élucidées, ni mêmes connues. L'opinion bernée croit qu'il a des amis, des proches ou des fidèles. C'est faux ! Il n'est que le parrain d'un double réseau où s'entremêlent le népotisme et la société secrète d'une manière inextricable ; et autour de qui s'agglutinent des domestiques ou des maîtres chanteurs. Les uns le tiennent parce qu'ils ont regardé par le trou de la serrure, les autres parce qu'ils détiennent les dossiers.

Quand ils veulent le faire chanter, ils arrivent en couinant : « Mon affection pour vous... » Ah ! comme ils l'aiment, ces crocodiles des soviets parfumés de l'après Saint-Germain-des-Prés. C'est à en verser des larmes d'attendrissement. Écoutez-les menacer quand ils n'ont pas encore les postes qu'ils veulent, ils glapissent furieusement : vous oubliez mon affection, François... Parce qu'il est tenu par Roland Dumas, bien qu'il n'en ait pas eu envie du tout, il a été obligé de le nommer ministre aux Affaires européennes. Le Dumas, quel tintamarre quand il marche, tant il a de casseroles au cul ! Ah ! la légende de notre siècle pourri, la Chanson de Roland, on la connaît : mon immense affection pour vous... Ce n'est pas à Roncevaux qu'il l'entonne, mais rue de Bièvre...

En pourboire, il y a Defferre, dont il ne peut se dépêtrer. Je l'aime bien, ce vieux thermidorien pourri. Mais il est navrant de constater que, même aux États-Unis où elle est si puissante, la Mafia n'a jamais réussi à mettre un des siens ministre de l'Intérieur. Gastounet, dont la prison des Baumettes, avec cinquante-deux employés municipaux au trou, est devenue la mairie-annexe de Marseille. Chapeau ! Cincinnati, Detroit, enfoncés ! Les mafiosi du monde entier sont pâles de jalousie à contempler le clan des Siciliens de l'Élysée. De Franceschi, n'en parlons pas. Ou le Durand, alias François de Gros Sous — quand bien même voudrait-il se débarrasser d'eux, il ne le pourrait. Avec de hauts fonctionnaires gérants d'immeubles privés, des conseillers prête-noms de villas, ou intendants des menus plaisirs, il a tressé une subtile et interminable toile d'araignée faite de ses défroques successives, de ses coups foireux, de ses minables secrets d'alcôve ou de ses louches sociétés financières dont il ne peut plus se dépatouiller.

Pas plus que les membres de la société secrète ne peuvent se défaire de lui, ils sont condamnés à prospérer dans son ombre, ou à disparaître. Pas plus qu'ils ne peuvent se défaire, non plus, du langage de la morale avec lequel ils nous assomment : faites ce que je dis, mais ne faites pas ce que je fais, telle est leur devise secrète. Parce que la société secrète est moraliste.

Plus elle prône la vertu, moins elle se conforme à ses principes, plus elle se réclame des valeurs, moins elle les respecte. C'est bien pire que Tartuffe au pouvoir, qui développait au moins, avec les siens, un projet d'une autre envergure, un complot mondial, la mise en place de la bourgeoisie avec la cabale des dévots au XVIIe siècle. Les bas-fonds de la racaille aux commandes, les Al Capone de la vertu, ces tartuffes voyous, ou professeurs de morale saisis par la débauche, sont parfaitement à l'unisson avec le tyran dont le projet inconscient, la triste volonté involontaire, est inscrit dans la nature des choses, l'aboutissement logique de la société secrète, l'immersion dans l'opacité glauque de l'inavouable. Le pire est toujours sûr. La droite craignait la radicalisation, elle s'est trompée, on lui a donné pire : la mise au secret du pays.

On marche à l'étouffée, à l'intimidation et à la peur. Toute société totalitaire est une mafia moraliste. Elle a ses hauteurs béantes ; elle profère directement ses jugements par l'anus : ignoble, abaissement inqualifiable du débat. Écoutez-la péter ? Ses mornes flatulences s'appellent justice et liberté. Oh ! chéris des nécropoles, hantés de l'étron, déhanchés du cœcum, comme je la connais du dedans, cette mafia ; Cirrhose Hernu, Grossouvre, avec sa petite tête méchante d'empoisonneur Henri II et sa barbiche à laquelle ne manque que la fraise ; c'est François de Gros Sous, le paniqué de Larnaqua, célèbre pour son sang-froid, qui se cachait dans la cale d'une vedette française bombardée au large du Liban, en priant et en hurlant de peur ; Loukoum, Serge Moati ; l'Attali renifleur, célèbre plagiaire, autrement appelé l'Attila des guillemets ! derrière lequel la culture ne repousse plus. Debray, l'agent sous influence, retraité de la Cordillère des Andes ; Rougeaud de Lille, notre Mauroy... Pour ne citer que quelques-uns des personnages de cette mitoyable comédie.

Si elle a tellement besoin de mettre en avant son moralisme, la vaseline de son onction — c'est pour que les Français ne sentent pas qu'on les encule. C'est très progressif, et il faut habituer l'autre. Pas de cris, il ne faut pas qu'il puisse se débattre. En douceur, pas de scandale ! Parce que le scandale, c'est toujours chez les adversaires politiques qu'il se produit. Personne n'a réfléchi en profondeur au fait que, scandale après scandale, c'est toujours à la démocratie qu'on reproche d'étaler ses turpitudes — d'être une république scandaleuse, comme les États-Unis, l'Angleterre, ou l'Italie que d'énormes scandales éclaboussent régulièrement. Certes on va aussi me reprocher d'éclabousser la France, mais il faut ce qu'il faut : c'est toujours à grands renforts de jets d'eau qu'on lave les vitres d'une voiture, quand bien même ne s'agit-il ici que de la guimbarde symbolique de l'État. N'en déplaise au caractère automobile de ma métaphore, pour conduire, il faut voir où l'on va. Parce que ces scandales permettent précisément à la démocratie de se défendre en rétorquant hautement qu'avec elle aucun scandale ne peut être étouffé — sa nature étant la transparence. La République doit être scandaleuse, ou ne pas être...

La leçon d'anatomie

Lui, l'inéligible, il a peur d'être éclaboussé le premier. Pourtant je l'avais prévenu : vous allez être élu. Une fois de plus, il n'a pas voulu me croire, et il s'est fait élire à sa plus grande surprise. Il aurait mieux fait de se démettre la veille du scrutin : trois ans après, ça va la foutre mal. Quand je le félicitai au téléphone, le lendemain de sa victoire : « Ma première pensée a été pour vous, qui me l'avez annoncé avant tous les autres », me répondit-il. Encore ! Voyez comme je l'obsédais ! La vérité, c'est qu'il n'a cessé de me poursuivre de ses assiduités.

Dieu qu'il m'a aimé, cet homme ! Quand j'y pense, j'en ai les cheveux qui se dressent sur la tête, ils en frôlent les rideaux ! J'ai brûlé l'autre jour des livres dont il avait dit du bien, j'en ai jeté les cendres au vent. Quant aux éloges dont il a couvert mon nom, en un des rares moments de lucidité qu'il doit bien regretter aujourd'hui, aucun parfum d'Arabie ne réussira à les effacer ! Comme m'entachent ses phrases : « Jean-Edern Hallier est de la race des grands écrivains, au talent vaste et fort. » (*le Nouvel Observateur,* octobre 1974) Ce nom, mon nom, je vais être obligé d'en changer, Jean le Débaptisé, je m'appellerai Jean Sans-Terre...

Depuis, mon souvenir le tourmente. Quand on le retrouve au petit déjeuner, la mine pâle et des cernes gris sous les yeux, c'est qu'il s'est branlé toute la nuit, il rêve que je le possède... mais il s'inonde de gratitude pour le plaisir imaginaire que je lui procure, ce vieux tunnel. C'est comme si je l'avais enculé une dizaine de fois, quand j'étais un jeune voyou, jadis, sur les plages d'Hossegor. La pâleur laiteuse de l'aube éclairait mon ventre musclé, enduit d'aiguilles de pin, de sable fin, et de merde. Se trémoussant entre mes hanches, il avait un loup noir. À chaque coup de butoir, je me disais : Me sera-t-il assez reconnaissant pour dire que j'étais le meilleur écrivain de ma génération ? Je ne savais pas que c'était lui. Parce que c'était lui, parce que c'était moi, comme disait Montaigne, sous l'égide duquel il a mis son septennat, de son ami La Boétie. Tel est l'obscur secret qui nous lie. Tenant à protéger ma vie privée, je l'en délie : tout ceci n'est que métaphore.

Il y a bien d'autres secrets, que j'ai découverts à mesure et qui me permettent de l'enculer encore. Ces confidences, onze femmes sont venues me les faire, que je n'avais pas sollicitées. Dès que l'Élysée a su qu'elles se coalisaient, on est allé les voir : Ne lui dites rien, mais dites-nous tout ce qu'il dit, leur murmurait-on. Ou bien, on les éloignait discrètement à la campagne. Ou bien, elles s'éloignaient d'elles-mêmes, affolées par ce qu'elles avaient pu me confier, mais il était trop tard. Je me moquais éperdument de la « *nature* » du prince — terme de Machiavel pour désigner le sexe. J'avais bien tort, ce que j'ai appris m'a tout appris sur lui : l'anatomie c'est le destin, selon Freud. Quant à la falsification du destin, c'est d'abord à cette leçon d'anatomie que je dois de l'avoir découverte : du Rembrandt, pour la dissection d'une vieille ganache !

Tout a commencé, dans sa vie politique, par cette prétendue blessure qu'il dit avoir reçue le 16 juin 1940 près de Verdun, au lieu dit Tête de mort (*Politique*) — sans doute est-ce cette analogie avec le Golgotha qui a enthousiasmé sa nature christique.

Était-ce des stigmates, ces éclats imaginaires ? À moins qu'un obus de la guerre de 14 ne lui ait éclaté à retardement ? Ou qu'à force de s'être fait tirer la peau il n'ait aujourd'hui le trou du cul entre les omoplates ? J'affirme qu'il ne porte aucune cicatrice dans le dos. Le temps aurait-il pu l'effacer ? Non, c'est beaucoup plus extraordinaire encore. Au fil des années, il a été de plus en plus blessé. En 1977, reprenant un texte de 1942, il dit n'avoir reçu qu'un seul éclat (de même en 1975, dans *la Paille et le grain*). Mais, rappelant son passé de « résistant », juste avant le 11 mai 1981, il déclara : « J'ai reçu quelques éclats d'obus dans le corps, dont je garde quelques-uns » (cité par *le Monde,* 5 février 1984). Donc, il aurait été gravement blessé entre 1975 et 1981 sans que personne n'en sût rien ? Cessons de plaisanter : la vérité, c'est qu'il n'a rien ? Si on ne l'a jamais vu en maillot de bain, ce n'est pas un hasard. « Je n'aime pas la mer », dit le gros malin. Et pour cause ! Je réclame une expertise médicale et judiciaire. Qu'il se déshabille donc à la télévision, devant Christine Ockrent. De quel droit bénéficie-t-il donc d'une pension de blessé de guerre ? À combien s'élève-t-elle ? Comment l'a-t-il obtenue ? Quand ? Je l'accuse de n'avoir jamais été blessé, sauf dans son amour-propre. Hospitalisé selon les uns à Vittel, selon les autres à Bruyère, et, toujours pour *le Monde*, sous la plume de Raymond Barillon, à Lunéville. Impossible d'obtenir un éclaircissement de l'intéressé. Blessé, il ne l'a jamais été ; il a seulement triché parce que, mort de peur, il a pris la place des grands blessés, pour fuir le front, en sautant dans une ambulance, la main bandée.

Des anciens de son régiment, le 23e RIC, le lieutenant-colonel Rousseau, qui le commandait, et le soldat Bigot ont assisté à cette scène navrante — et Mitterrand n'a jamais voulu venir s'expliquer auprès d'eux. Comment ai-je réussi à savoir qu'il n'avait jamais été blessé ? Par recoupements indiscutables. Ainsi, en déjeunant le 21 mai à l'Élysée avec les intimes, j'avais à ma gauche un de ses vieux camarades de guerre. Il me déclara que Mitterrand avait un courage extraordinaire, prenant sur lui pour ne rien montrer. Après sa blessure, ils auraient vécu deux mois à quatre dans la même chambrée sans rien savoir ? Était-il déjà crasseux au point de ne jamais changer de bandage, au risque d'une infection grave ? Comment peut-il faire pour ne jamais se déshabiller, ou se laver devant eux ? La saleté, cette constante : la première fois que Danielle, sa femme, le vit, son cri du cœur fut : « Il a un côté pas net. » (F. O. Giesbert)

Toujours est-il que le propos enthousiaste de ce vieux camarade me rendit songeur. Quel grand homme, me disais-je ! Pourtant, quelque chose me gênait. Pas d'enquête véritable sans intelligence profonde, même si elle vous vient après coup : elle découvre toujours par analogie le chaînon manquant du sens. Ce sont les femmes qui m'ont rendu intelligent, je leur dois tout. Si elles ne m'avaient pas toutes confirmé, mes onze chéries, de mémoire de mille doigts baladeurs, qu'il n'avait pas de cicatrice dans le dos, je n'en aurais jamais rien su. Au reste, c'est parce que, en quête de confidences politiques, je reçus des indiscrétions amoureuses, pareil à Christophe Colomb qui, croyant découvrir les Indes, se retrouve en Amérique. Simone Veil, qui s'étonnait qu'on n'eût jamais encore touché à la vie privée de Mitterrand, me déclara une fois fort judicieusement : les femmes font des confidences sexuelles sur l'oreiller, et les hommes, des confidences politiques. Ce qui prouve que pour les unes le sexe est prioritaire, et pour les autres, c'est la politique qui l'est.

Les hommes sont solitaires et les femmes sont amoureuses, ils se volent mutuellement la solitude et l'amour. Merci, mes petites Mata Hari !

Aujourd'hui, que Mitterrand ait eu le culot d'aller féliciter les jeunes appelés à la chair véritablement déchiquetée dans la guerre absurde du Liban, d'aller se faire voir sur les décombres fumants parmi les nus et les morts, risque d'en choquer plus d'un. Mitterrand ferait mieux de passer en revue ses troupes désarmées — comme il l'a fait en 1981 avec les Super-Étandard, au Bourget. L'armée a le sens de l'honneur. Il y a fort à craindre qu'au prochain défilé du 14-Juillet elle ne manifeste à Mitterrand avec le bras. Prenez garde. D'abord parce qu'à cette date je l'aurai obligé d'avoir une certaine petite fille à ses côtés, sur sa tribune. Marrez-vous, soldats français !

Le pire qui puisse arriver à Mitterrand, c'est qu'il ne lui arrive jamais rien, le lamentable...

Les fleurs du bien

Maintenant, je me vois dans l'obligation de lui apprendre plus de choses sur son inconscient qu'il ne pourra sûrement en supporter.

C'est un brave type. Un bon vampire, un vampire du Bien, éthéré, falot, fleurs de réthorique à l'appui, un inaugurateur de chrysanthèmes rimées qui se permet seulement, se mêlant au débat littéraire, d'avoir des mots impardonnables contre Baudelaire : « Il écrit de façon relâchée », laissait-il tomber. Quelle était cette condescendance méprisante ? De quoi avait-il peur ? Une fois de plus, de se reconnaître lui-même à la lecture des poèmes de Baudelaire.

L'image symbolique du Panthéon est encore bien plus profonde qu'il n'y paraît, pour peu qu'on se mette aussi à la déchiffrer à la grille de la sexualité. Aussi cette cérémonie aura-t-elle été l'illustration, qui se voulait grandiose, de l'hypocrisie vertueuse et du moralisme dont Baudelaire est l'ennemi juré, l'ange noir exterminateur. Les roses n'étaient pas des fleurs mais des figures de style. Le vrai débat n'oppose pas deux politiques antagonistes, à l'heure de la fin de la politique, mais deux visions irréductibles l'une et l'autre de la nature humaine et de la morale : les fleurs du mal, contre les fleurs du bien.

Pouah ! bien sûr, il ne le savait pas. D'ailleurs ses moyens intellectuels ne lui permettaient pas d'aller si avant dans l'herméneutique de ses propres signes : c'est un vampire bridé et aseptisé. À l'échelle humaine, comme l'indique le titre d'un livre célèbre de Léon Blum ! Un vampire à talonnettes, pour se rehausser, être plus grand. Au propre comme au figuré. Parce qu'il est mal foutu et incroyablement complexé par son corps, ce qui explique que l'un de ses rituels érotiques favoris soit de répéter inlassablement aux femmes : « Comment peux-tu aimer un gros, un vieux, un chauve ? Réponds, mon ange ! » « Je t'aime mon gros, je t'aime mon vieux, je t'aime mon chauve ! » lui ressassent-elles sur commande, contraintes d'égrener cette triste litanie jusqu'à ce qu'il se mette à bandouiller, Queue de limace ! Ce n'est pas un bon coup, tant pis pour elles. Fallait pas vouloir coucher avec un président de la République ! Mais il est tellement peu sûr de lui qu'il a besoin d'être rassuré, comme tous les faux séducteurs. Les vrais hommes sont, eux, d'indéchiffrables satyres de l'ombre.

Déguisé en amant romantique, après une cour interminable dont ses proies consentantes d'avance se seraient volontiers dispensées. Qu'il se révèle tel qu'en lui-même : la jeune fille est obligée de jouer la comédie de la bonne famille bon chic, bon genre, jupettes écossaises, socquettes, et surtout pas de décolleté provoquant. On doit sortir ensemble, parce que du temps où il n'était pas président, il lui fallait être vu avec des filles, pour se donner l'air prince charmant. Volontiers, il parle de lui-même : il rebat les oreilles de ses compagnes de son intégrité morale, en revenant sans cesse sur l'affaire de l'Observatoire, qui le hante aujourd'hui encore, et de ses fantasmes de rigueur et d'amour ; avant de les plaquer comme un minable, sans élégance. « Je serai toujours à tes côtés », disait-il à l'une d'elles, qu'il rencontra au moins trois fois par semaine pendant deux ans, quand ils ne passaient pas ensemble des week-ends prolongés à Vienne ou à Rome. Pour tout cadeau de rupture, il la fit embaucher au SMIG dans un ministère, où elle mit le feu à son bureau de désespoir.

Je n'ai pas rencontré d'ancienne maîtresse à lui qui ne lui en veuille secrètement. Je n'ai pas voulu coucher avec elles pour ne pas risquer cette fameuse contagion qu'évoque Mitterrand en parlant de la France, qui, selon lui, « est vertueuse », et « ses vertus sont contagieuses ». Parce que même la Nation se doit surtout de ressembler à une jeune fille qu'on ne baise pas — et dont on pollue la pureté. De plus ça durait des jours et des jours avant de pouvoir se le taper. Fleur du bien oblige...

Une fois dans la chambre prénuptiale, une jeune fille de bonne famille, ça s'épouse — fallait le voir se déshabiller, en commençant par le bas, puis se pressant pour se rhabiller afin d'être le moins longtemps nu, tellement il a honte de son corps. Quand le roi est nu, sachez à quoi il ressemble : il a des seins tombants de femme, incroyables, dont on se demande quel aigre lait caillé pourrait bien s'écouler si l'on en pressait le mamelon, mais il n'a ni taille ni cul. Ses fesses sont plates, encore que pendantes elles aussi, elles se terminent sur une légère culotte de cheval qui enserre ses cuisses grenues. Il a un ventre replet. Vue de loin, sa silhouette ressemble à une sorte d'entonnoir cabossé, élargi vers le haut. Quant à ses breloques, elles pendent jusqu'aux genoux. Tout pend en lui, à commencer par sa queue de limace qu'il a beaucoup de mal à hisser à la hauteur de ses prétentions. Vu de près, côté pile, son dos ne porte aucune trace d'éclat — ou d'éclats — d'obus, comme de bien entendu.

En revanche, côté face, une longue et profonde cicatrice barre son ventre. Elle est très laide, en outre mal recousue. C'est la mémoire charnelle que son corps a gardé d'une sale péritonite attrapée à onze ans. Prenons-le sur le côté droit : un lipome graisseux sur l'épaule. Côté gauche, rien à signaler. Pour le reste, il a une bouée de sauvetage autour de la taille. Sans doute est-ce sa garantie constitutionnelle de la Ve République de surnager, quand bien même s'est-il déjà coulé largement dans l'opinion publique. Je le désacralise, mais il m'y a contraint. La France avait besoin de le connaître sous toutes les coutures. Évidemment, il a vieilli. Hélas, ces choses nous arrivent à tous. Du temps où je me le farcissais, il était dans la force de l'âge. Mais déjà deux phénomènes également forts et contradictoires étaient apparus en lui : le désintérêt sénile de tout, son affectation mystique, et l'ambition sénile de tout, son goût effréné du pouvoir, auquel viendra s'ajouter un troisième phénomène ignoré du plus grand nombre : une sensualité précocement sénile.

C'est un écorché vif, disait de lui Mauriac, qui s'y connaissait en gouffres psychologiques. Ainsi peut-on expliquer son fétichisme à lui, cette passion pour les cheveux qu'il partage avec Baudelaire. Déjà, je m'en étais aperçu il y a une dizaine d'années, quand il me rendit visite dans ma demeure de Bretagne. Son premier geste en arrivant : il se rua sur ma fille Ariane pour caresser ses beaux cheveux. Quand je racontai ce détail à Jacques Séguela, le publicitaire du Président, il sursauta : « C'est curieux », me dit-il, « quand il vient dîner à la maison, la première chose qu'il fait, c'est de se précipiter sur les cheveux de ma femme, et de les secouer. » Sans que personne ne le sache, il s'excite ainsi en public, l'immonde. C'est aussi pour vaincre sa propre angoisse dans un endroit où il cesse d'être protégé, ayant à affronter un décor, ou des gens qu'il ne connaît pas encore. Psychanalytiquement, les cheveux sont l'objet contraphobique par excellence. Quant à ma petite fille, passant à bicyclette, elle eut peur, tomba et s'enfonça même une poignée de frein dans la hanche. En cette après-midi déchirante et douce, je n'avais pas encore compris ce que cette frénésie pour les cheveux signifiait. Sous la plume de Mitterrand, des quelques poèmes exécrables qu'il écrivit, je relève cette interrogation angoissée de rimailleur mâche-lauriers :

« Est-ce une voile ou la forêt
Qui sur ton front flambe et retombe
Comme une mèche noire avec un pli doré ? »
(*Antinéa,* cité par Giesbert)

Était-il miro au point de prendre les cheveux de ma fille Ariane soit pour un voile, soit pour une forêt ? Cette métaphore de la forêt est traditionnelle en poésie. Chez Baudelaire, elle est autrement plus forte :

« La langoureuse Asie et la brûlante Afrique,
Tout un monde lointain, absent, presque défunt,
Vit dans tes profondeurs, forêt aromatique ! »
(« La chevelure », *les Fleurs du mal*)

En ce temps-là, Mitterrand s'exerçait déjà à chercher son inspiration de deux manières : en faisant du voyeurisme devant les salons de coiffure, qu'il devait prendre pour des bureaux des Eaux et Forêts ; et en scrutant les plaintes végétales, en traduisant en pleurs socialistes les cris des chouettes. Il demandait encore aux arbres de faire le geste de l'absoudre, en joignant leurs branches autour de son auguste front, d'être l'homme de toutes les velléités, abandonnant les idées des autres, mais les siennes aussi. En effet, il renonce aisément, même à ce qui lui plaît. Il renonce à tout, sauf au pouvoir, et aux cheveux, le vieil ébouriffeur.

Il file sa quenouille à toutes les filles qu'il peut, il s'entortille leurs crinières autour de sa queue de limace. Il éjacule ses vers dans la tresse, l'onaniste. Sa passion s'étend également au visage féminin :

« Ton visage
Voilà des siècles
Que je pars à sa découverte
Est-ce Tristan qui va mourir ? »

« Les vaisseaux ont pris feu dès qu'ils ont touché tes rivages », écrit-il juste avant ces vers désormais fameux :

« Est-ce une voile ou la forêt
Qui sur ton front flambe et retombe
Comme une mèche noire avec un pli doré ?
Ton visage, mon île, au beau milieu des continents brûle,
Ton visage voilà des siècles
Que je le touche de la main. »

(*Antinéa,* François Mitterrand)... pas seulement de la main.

« Fortes tresses, soyez la houle qui m'enlève !
Tu contiens, mer d'ébène, un éblouissant rêve
De voiles, de rameurs, de flammes et de mâts... »

(« La chevelure », *les Fleurs du mal*)

Mitterrand, en son indigence métaphorique, a aussi mis les voiles en embarquant au passage les continents, les vaisseaux qui flambent les îles et la forêt inévitable.

Nous avons affaire à un homme à qui le pétainisme confisqua jadis la lenteur des fumées herbeuses s'épandant sur la prairie et le choc sourd des figues hérissées d'abeilles qui s'abîment sur le sol — et il tenta lui-même de confisquer à Baudelaire la grâce ténébreuse des fleurs du mal en les transsubstantiant en fleurs du bien, tout en poursuivant sa remarquable carrière agricole. Au point qu'à jamais le parti socialiste aura cet Épinay dans le pied, exactement depuis 1971, date du congrès où il en prit le contrôle.

Il aurait mieux fait de lire jusqu'au bout le poème baudelairien. La révélation vampiresque aurait eu lieu, mais c'est justement parce qu'il l'a bien lu qu'il a horreur de lui-même — comme Baudelaire, aux miroirs obscurs des songes enfin interprétés de l'inconscient, l'épouvante par sa vision pénétrante. L'homme ne peut s'aimer jusqu'au bout s'il ne se condamne, parce que Mitterrand ne s'aime pas, il est incapable de la transgression sans laquelle il n'est point d'art véritable. Parce qu'il aime les femmes, Baudelaire s'écriait : Ô femme impure ! Parce que Mitterrand ne les aime pas, il ne feint d'exalter la pureté des femmes que pour mieux les souiller. C'est le grand retournement secret : la fleur du mal fait le bien et la fleur du bien fait le mal.

De même qu'en symbolique les cheveux sont la prolongation capillaire des vaisseaux sanguins. Comme dirait Racine, quels sont ces serpents qui sifflent sur vos têtes ? Soudain je comprends pourquoi il m'a aimé si fort. À cause de ma belle crinière noire, il a bien dû se l'enrouler des milliers de fois sans que je le sache. C'est à cause de leur chevelure abondante qu'il s'éprit de Lang et d'Attali, ses deux favoris. Oui, j'ai tout compris. La crinophilie, au fond, ce n'était pas bien grave : une innocente perversion, me disais-je ! Il y a pire que la crinophilie ! Sait-on jamais ? La connaissance des gouffres nous apprend que ce fétichisme, ainsi défini par le processus de dénégation et de suspens, appartient essentiellement au masochisme. Quels abîmes entraperçus ! Gilles Deleuze, dans sa présentation de Sacher Masoch (Éditions de Minuit, « Arguments ») publie une étrange note, d'où il ressort que couper une natte ne paraît nullement impliquer une hostilité à l'égard du fétiche ; c'est plutôt une condition pour la constitution du fétiche (isolation, suspens). Nous ne pouvons pas faire allusion aux coupeurs de nattes sans signaler un problème de psychiatrie, historiquement important. La *Psychopathia sexualis,* de Krafft-Ebing, revue par Moll, est le grand recueil des cas de perversion les plus abominables, à l'usage des médecins et des juristes, comme dit le sous-titre. Les attentats et crimes, les bestialités, les événements, les nécrophilies y sont relatés, mais toujours avec le sang-froid scientifique nécessaire, sans aucune passion ni jugement de valeur. Or survient l'observation 396. Le ton change : « Un dangereux fétichiste des nattes répandait l'inquiétude à Berlin... Ces gens sont tellement dangereux qu'il faudrait absolument les interner d'une façon durable dans un asile, jusqu'à leur guérison éventuelle. Ils ne méritent pas du tout une pitié illimitée..., et quand je pense à l'immense douleur causée dans une famille où une jeune fille est ainsi privée de ses beaux cheveux, il m'est absolument impossible de comprendre que l'on ne conserve pas indéfiniment de telles gens dans un asile... Espérons que la nouvelle loi pénale apportera une amélioration à ce sujet. » Et le commentaire : « Une telle explosion d'indignation, contre une perversion pourtant modeste et bénigne, force à croire que l'auteur est inspiré par de puissantes motivations personnelles qui le détournent de sa méthode scientifique ordinaire. Il faut donc conclure que, au niveau de l'observation 396, les nerfs du psychiatre ont craqué ; ce doit être une leçon pour tout le monde. »

C'est aussi à cause de ses penchants sexuels qu'il doit sa carrière à Schueller, président de l'Oréal, comme par hasard, une multinationale de la cosmétique. Soljenitsyne ne savait pas lui non plus à quel point il était profond quand il déclarait, toujours dans son discours du Nobel, à Stockholm, qu'une littérature « qui n'est pas capable d'apercevoir à temps les dangers sociaux et moraux qui la concernent ne mérite même pas le nom de littérature. Au plus peut-elle aspirer à celui de cosmétologie. »

Aussi faut-il toujours revenir à nos racines grecques pour qu'elles nous enseignent le sens profond des choses. Cosmos signifie monde des apparences, cosmétique signifie monde des parures.

Mordu par Pétain

De Charybde en Scylla, de la politique à la cosmétique, Mitterrand tenta lui-même de confisquer à Baudelaire la grâce ténébreuse des fleurs du mal en les transsubstantiant en fleurs du bien, tout en poursuivant sa remarquable carrière agricole.

Je dis ce que chacun subodore. Pourtant ce que j'ai compris, il fallait pouvoir le comprendre : comme de la lettre volée d'Edgar Poe, on la cherche dans tous les recoins mais elle est au beau milieu de la table. Le strabisme de notre société nous a rendus aveugles à l'évidence. Comme cela se dit de ce que n'importe qui peut voir, qu'il vous crève les yeux.

Il est stupéfiant que personne ne se soit livré jusqu'à présent à l'analyse exhaustive de la vie de Mitterrand. Sans doute était-ce parce qu'on croyait qu'il ne serait jamais élu. À part quelques révélations très particulières que je fais, on aurait déjà dû découvrir ce que ma modeste contribution à l'Histoire immédiate révèle. Passe à la rigueur que l'écrivain que je suis puisse être un des seuls à pouvoir se livrer à une pareille exégèse baudelairienne, le manque de sérieux, de travail, d'archives, d'efforts de comparaison et de recoupements ne saurait excuser non plus l'absence de vision simple sur les personnages de notre temps — quand bien même faudrait-il s'affubler le nez de ses lunettes aux verres justement appelés à double foyer, s'agissant d'un individu n'habitant le sien que formellement. D'ailleurs s'il voyage si souvent à l'étranger, c'est bien pour quitter Danielle, avec qui la moralité publique autant que le symbolisme présidentiel le condamne à vivre. Sinon, il poursuivrait ses errances nocturnes, ses canines limées lui repoussant à chaque fois que, vieux marcheur, il tombe en arrêt devant la gracieuse courbure d'un cou de jouvencelle, les cheveux au vent. Vampire, il l'est inconsciemment, quand il lira ce livre, il protestera, il s'effraiera autant que moi. Il sera sincère. Il est possédé, mais il est innocent.

Le cœur de son drame est là.

Jamais je n'ai vu d'aussi près le fond d'un cœur.

Le démon l'habite malgré lui, pire, c'est un vampire à son insu, comme le comte Dracula se croyait lui-même le brave aristocrate désargenté d'un château de Bohême. Mitterrand a été mordu mais il ne le sait pas. Il a été mordu par le maréchal Pétain, qui lui-même a été mordu par... La filiation se perd dans la nuit des temps. Il a beau être courtois, curieux d'autrui, amical et même souvent charmant, c'est le plus cruel, le plus roué des êtres. Il lève une main pour vous caresser et vous recevez un coup de couteau. Ce mot d'amour qu'il vous glisse à l'oreille, c'était une perfidie. Ses revendications perpétuelles de pureté, ou d'intégrité morale, ce n'étaient que des névralgies de vieux mignon qui souffre justement d'être amputé des qualités qu'il n'a plus.

S'il est indélicat, c'est sa nature qui le veut. Ce n'est pas moi qui ai fait son éducation, mais une honnête famille de la France profonde, qu'il a trahie. Parce qu'il croyait bien à tort à l'indignité sociale des siens, il a trahi ce qui relevait du caractère inné de sa famille, une sorte de noblesse populaire. La faute à sa mère ! Jamais je n'aurais pu pomponner, frictionner ou laquer la tête de Mitterrand, accablante fleur de farine. Le rêve secret de cet ancien directeur du journal des salons de coiffure, *Votre Beauté,* a longtemps été, n'en doutons plus, de se faire garçon coiffeur. Avant qu'il ne transforme la France, à son tour, en salon de coiffure, je mène à terme cette étude de littérature comparative. Le poème de Baudelaire s'achève par ces mots : « Ô fangeuse grandeur, sublime ignominie ! » Mais huit vers plus tôt, nous avons la clé, la porte interdite du sens s'ouvre par l'explication finale de l'ultime strophe, par la profonde symbolique vampiresque :

« Machine aveugle et sourde, en cruautés féconde !
Salutaire instrument, buveur du sang du monde,
Comment n'as-tu pas honte... »

Le sexe, insomnie vivante

Le vice des honnêtes gens du peuple, selon Michelet : faire du fils un parleur, un politicien, ou un avocat qui occuperait tout de son activité vulgaire, cachant sous des gants glacés les grosses mains de son père *(le Peuple).* À voir les siennes, courtes et boudinées, aux ongles perpétuellement sales, on comprend tout.

On ne voudrait pas non plus être à la place de toutes celles qu'il a caressées avec. Comme je les plains, les pauvres filles, d'avoir dû se plier à la mise en scène de son morne cinéma érotique. L'Élysée étant devenu un bordel crado à l'usage des enfants de madame Claude et de la République. Les lois qui le régissent ne sont pas celles de l'amour, mais celles de la prostitution. Ou bien Mitterrand fait le taulier, et il rentabilise : il est même ahurissant de voir comment il a procédé pour exploiter ses sectateurs, sa famille, ou ses anciennes maîtresses, dont certaines ont su tirer parti de cette fleur du bien. Pardon de cette sale fleur bleue. Pouah, la violette impériale ! Le siège du parti socialiste, rue de Solferino, c'est le nouveau parc aux serves où de mystérieuses attachées s'adonnent à des tâches tout aussi indéfinissables que leurs fonctions. Ou bien, Mitterrand reste client en jouant au voyeur romantique, version vulgaire des *Paravents,* de Jean Genet. C'est le cave qui paie, mais avec les deniers de l'État.

Le sexe, monnaie vivante ! Les femmes n'acceptent de se prostituer que dans la mesure où elles méprisent leur partenaire. Toutes les siennes méprisent Mitterrand comme elles méprisent la classe politique en général. Les coureurs automobiles, les chanteurs, les acteurs ou les écrivains connus ont toujours une ribambelle de jolies filles à leurs trousses. Il est frappant de voir à quel point, compte tenu de leur célébrité, elles sont rares auprès des hommes politiques : au plus profond de la psyché, ils incarnent pour elles l'antijouissance. De la chair, on tombe avec eux dans la viande. Du délice érotique, on tombe avec eux dans la prise de corps, entre deux prises de vue. C'est l'âme des choses qui disparaît à mesure. Dégénérescence qu'à juger telle quelle on la trouve profondément juste et morale.

Giscard péchait par naïveté : c'était un puceau. Jamais il n'aurait fait T. G. ministre de l'Agriculture, alors qu'une belle crinière rousse, je ne la citerai pas, doit se balader aujourd'hui du côté du Commerce extérieur. Elle aurait sûrement été bien meilleure, la compétence des ministres se limitant strictement aujourd'hui à leur métier d'acteur pour des rôles qu'ils ne savent pas jouer non plus. Ou O. W., délicieuse journaliste, à la tête de la haute autorité de l'audiovisuel où officie, si je ne m'abuse, l'une de celles que Mitterrand a le mieux aimées jadis. Elle préférait elle aussi, ayant du goût, les noirs d'ébène aux hommes politiques. Les rumeurs traînent lourdement... Ah, les grands congélateurs du pouvoir !

Pour M. C., qui s'était déjà farcie Rougeaud de Lille, pas dégoûtée la goulue, le président eut le mot viandu : « Vous la prenez dans votre stock. » Mauroy ne pouvait faire autrement ! Je ne les cite pas nommément, je craindrais trop qu'elles se crussent diffamées d'avoir partagé la couche de ce rognon lubrique, de ce cul d'ensorcelé, ces créatures harassées et adorables. La du Barry, la Montespan ou même madame de Maintenon, qui exerça une si profonde influence sur Louis XIV, ne furent jamais intégrées à l'appareil d'État de la monarchie. Les rois s'en seraient bien gardés. Eux du moins séparaient le sens de l'État de l'empire des sens. En notre Bas-Empire cafouilleux, dans le même temps où Tonton nationalise les entreprises, il privatise l'État en le mettant au service de sa vie privée. S'il peut se permettre cette liberté, je ne vois pas pourquoi je me priverais de la mienne — celle de rendre la vraie image du président à toute la Nation. Somme toute, de la Nationaliser...

Sans oublier cette troisième raison qui contraint Mitterrand à embaucher ses femmes. Elle complète la prostitution parapolitique, et le faux donjuanisme. Du moins elle l'accompagne, quand elle n'en participe pas. Ainsi, la société secrète fonctionnant par le chantage, on nomme les femmes chargées de mission, mais pour qu'elles se taisent. La République du chantage se glisse entre les draps de la société secrète. Confusion de la police politique et des liens extra-conjugaux — ou familiaux. Comment fera Cheysson pour savoir ? S'adressera-t-il aux Renseignements généraux ? Non. Il téléphonera à la maîtresse de..., ou à la cousine de..., les rapports interministériels se feront sur l'oreiller ! Celui du Tonton pue la vieille couenne, le rance et le sperme refroidi. Décidément, Giscard ne savait pas comment s'y prendre... Mitterrand le sait : il baisouille pour la classe ouvrière, qui n'a pas les moyens de se payer plusieurs femmes.

Ah les cadences infernales ! De quoi nos ouvriers se plaindraient-ils, puisque leurs épouses ont par procuration la quéquette présidentielle dans le cul ! Plus profondément, c'est la nature féminisée de Mitterrand qui se révèle : il est une femme, mais qui déteste les femmes. Pourtant, il en veut, il en redemande, des culturelles surtout, il en raffole. Au nom des fleurs du bien, on verra une célèbre romancière à l'eau de rose arriver pour la pause café à l'Élysée.

— Alors vieille pédale, lui dit-elle, tu veux encore que je te bouffe la chatte ?

Au fond, Mitterrand n'a commis qu'une faute, mais la plus impardonnable de toutes. Il n'a pas su se faire aimer des femmes. Pour se venger, elles m'auront désigné. Pourtant il croyait bien les aimer.

Sauf qu'il pense comme Schopenhauer que les femmes sont des animaux à cheveux longs et à idées courtes. Comment expliquer à un garçon coiffeur que c'est dans l'esprit des femmes que s'engendre le monde ?

Comme tout se tient, la conséquence logique du vampirisme de Mitterrand, c'est sa complaisance pour les cimetières. Jamais un politicien n'en aura autant visité, impavide et frénétique : la boulimie mortuaire de notre homme est proprement désopilante. Du temps où il daignait encore écouter mes conseils, je réussis un jour à arriver dans son bureau, vil flatteur, pour caresser ce penchant qu'il a hérité à la fois des rites funéraires des sociétés secrètes du XIXe, et des campagnes des morts de l'extrême droite française, lancées par Maurice Barrès à l'orée de ce siècle. Alors j'aurais sorti de ma poche la liste des cimetières qu'il n'avait pas encore parcourus, je l'aurais vu défaillir de bonheur en entendant ma voix les énumérer. Le Père-Lachaise, pour les communistes ! Le mont Valérien, pour les gaullistes ! Le cimetière marin, à Sète, pour notre escadre ! Verdun, pour les gaietés de nos escadrons ! Cluny, pour les mânes de la Résistance ! Chaillot, pour la folle du même nom ! Le cimetière de Vichy, pour se réinaugurer lui-même ! Les plages du débarquement, pour quand on le débarquera ! Le cimetière des chiens, pour ses labradors ! Le cimetière des voitures, pour l'industrie automobile qui s'effondre. Les cimetières d'éléphants, mais dans un magasin de porcelaine, pour se faire remplacer ses canines par des défenses enfin dignes de lui ! Le cime-tiercé pour le peuple ! Le cime-tiers provisionnel pour nos impôts ! Le cime-Thiers de Versailles, pour les bourreaux de la Commune ! Un homme comme lui, qui ne se fout pas du cime-tiers comme du quart, rien ne l'arrête quand il sent qu'il peut expliquer la mort. Nos chères voix qui se sont tues, il n'ira les chercher au fond des urnes funéraires que pour les transvaser dans les urnes électorales.

Nous avions Poincaré, l'homme qui riait dans les cimetières. Désormais nous avons Mitterrand, l'homme qui s'y fait jouir. D'un côté, il ne cesse d'extorquer, beau masque de ravagé de douleur feinte, l'adhésion des morts impuissants, de l'autre, il la monnaie sur les vivants qu'il escroque, en se prévalant des voix trafiquées des communistes. Infâme chimie de nos bulletins ! Je ne croyais pas si bien lui dire : en cette comédie funèbre, je lui proposais déjà le beau rôle. Comme il m'aurait écouté avidement ! S'il ne fit pas tous les cimetières que j'avais pu lui énumérer, il en fit bien d'autres.

Un jour, il va en pèlerinage au cimetière Montparnasse sur la tombe de son ami Dayan, le lendemain on le retrouve sur la Roche de Solutré, ossuaire préhistorique, d'où il plonge vers celui de Douaumont, pour s'envoler d'un coup d'aile vers le caveau de Pierre Mendès France. « Ce con », comme il le traite si volontiers dans l'intimité. De mémoire de République, jamais un président ne se sera incliné devant tant de tombes. La prophétie de Pouchkine est donc vraie : « Ils ne savent aimer que les morts. » Boulimie frénétique de Tonton quand il entend parler de morts. Toutes affaires cessantes, en plein Conseil des ministres, lui, l'indécis, plus rien ne l'arrête. Il va, court, vole et s'incline... Les soldats français sont encore au Liban sous les décombres qu'il leur atterrit dessus pour les couvrir de sa voix, celle d'un survivant qui n'arrive plus à se faire entendre ; ne pensant, lui, qu'à toutes celles qu'il pourrait, là aussi, récupérer. Bis, et rebis. On le retrouve quelques jours plus tard, Tonton l'enterreur, dans la cour des Invalides, devant les quarante cercueils ! Il n'en manque pas une, il est insatiable, c'est la France tout entière qu'il veut enterrer !

Ma fille contre un royaume

Longtemps, je me suis interrogé sur ce visage osseux et fuyant. Enfin, je compris. Regardez sa tête, un loufiat ! D'où son goût invétéré pour les bonnes familles, notamment celles de Clermont-Ferrand, ce fils de chef de gare. Sur les quais de la France profonde de son enfance, il n'a cessé de rêver au train de vie bourgeois sur bons rails de familles d'un rang social plus élevé que celui dont il est issu — sans se rendre compte que l'éducation de l'âme prime sur l'argent et les apparences.

Dieu qu'il a ramé pour s'introduire au sein des cercles du beau monde ! Comment s'y est-il pris ? Il est entré par la porte de service, il est passé par l'office et toutes les antichambres. Quand bien même était-ce par les cabinets ministériels de la IVe République, pour arriver premier valet de France. D'ailleurs c'est sa carte à jouer, Ogier, le valet de pique, la carte qui porte malheur, dont il n'est la figure qu'en tant que serviteur de sa propre goujaterie. Comme tous les valets, il veut essayer d'avoir un beau port de tête, sauf qu'il n'a rien de ces *butlers* anglais qui enseignent aux jeunes lords ce qu'il est convenable, ou inconvenant, de faire, ou de ne pas faire. L'inconvenance lui est chevillée à l'âme. Observez-le bien à la télévision, où il n'est pas à l'aise, comme tous les tribuns de congrès enfumés, qui ont besoin du recul des estrades pour ne pas être vus de trop près. L'étrange lucarne le révèle tel qu'il est : il a beau s'être entièrement fabriqué, ses pauses favorites destinées à feindre la fausse profondeur le trahissent plus qu'elles ne le dissimulent, comme il le voudrait. C'est toujours pour avoir l'air digne, comme tous les gens ordinaires, qu'il rejette la tête en arrière, pointe du doigt — parler avec les mains, ce que déconseillent les traités de politesse — et surtout il ferme les yeux, mais comme il est obligé de les ouvrir pour voir où il va, il papillote. Ou plutôt, il parpelège, comme on dit dans le Midi. Tout juste s'il n'ajoute pas : « ... enchanté ». On lui a appris à Vichy que cette formule ne s'employait pas en bonne société.

Il a pourtant réussi à la baiser, la bonne société, même s'il ne sait pas bien se tenir à table. Il trempe son pain dans la sauce, et quand on l'invite à la cour royale de Hollande, il renifle devant la reine parce que, enrhumé, il croit que ça ne se fait pas de sortir un mouchoir en public. À tant faire, il aurait pu prendre la nappe... Un vrai prince s'en foutrait. Pas lui, qui prend son onction pour de la politesse, et son voyeurisme pour de l'amour. Parce qu'il est atteint d'un mal incurable, sa dépravation morale à lui, le syndrome du valet de *Mademoiselle Julie,* de Strindberg : posséder la fille de la maison et en même temps l'avilir.

Avant d'écrire le passage qui va suivre, j'ai longuement hésité. Avais-je le droit de rendre public ce qu'un grand nombre de gens savent déjà ? Mais ce livre aura au moins fait une heureuse : l'enfant que j'ai eu il y a vingt-cinq ans de la fille de la romancière Béatrix Beck. J'ai attendu l'hiver 1984 pour la reconnaître. Quand je la rencontrai enfin, déjeunant avec elle, au forceps des mots timides que je lui arrachai, j'eus la sensation bouleversante qu'elle était en train de naître pour la première fois. Pendant vingt-cinq ans, elle avait baigné dans le liquide amniotique de l'attente. Par ma faute, elle n'était jamais venue au monde.

Au hors-d'œuvre, elle sortait la tête, suivirent les bras et les jambes. Au dessert j'étais son père. Au café, elle s'appelait Béatrice Szapiro-Hallier, ma pauvre petite Juive esseulée, aux grands yeux verts comme les miens. En lui prenant la main pour la caresser, j'avisai une trace profonde dans sa paume. Elle m'apprit qu'un après-midi, alors qu'elle était assise dans le jardin de la place des Vosges, contemplant mes fenêtres sans que je m'en doute, elle se coupa gravement avec un barreau rouillé de la chaise, qui sauta. Depuis, elle appelle l'endroit la Place du Malheur. J'ouvre cette parenthèse, qui m'accable, puisque, si tardif que soit mon juste repentir, il ne réparera jamais tant d'années perdues. C'est en effet un épouvantable malheur que l'illégitimité, quand elle est vécue secrètement par une conscience enfantine.

Sans le savoir, un Mitterrand a fait une chose de bien dans sa vie, il m'a forcé à cette reconnaissance. Je n'aurais jamais entrepris les recherches pour retrouver ma fille, qui, de son côté, ne m'avait pas donné signe de vie, s'il n'y avait eu cette affaire de sa petite fille Mazarine. Au lycée Jacques-Prévert, rue Saint-Benoît, où elle va à l'école, elle répond obstinément à la question rituelle des enfants :

— Qu'est-ce qu'il fait, ton papa ?

— Il est président de la République.

— Moi, le mien, c'est Charlemagne, s'esclaffe l'autre enfant, un petit garçon de huit ans, le même âge, dans la cour de récréation.

Elle a déjà son nom de rue, la gamine, la rue Mazarine ; mais elle, personne ne la connaît, comme il sied à cette petite princesse inconnue. Cette rue est parallèle à la rue Dauphine, comme le destin de cette petite aurait dû être celui d'une dauphine. Elle se prolonge aussi par la rue de l'Ancienne-Comédie, la comédie mitterrandouteuse.

Il lui en reste une autre à jouer, celle du père surpris. Les rois capétiens affichaient bien leurs rejetons de la main gauche avec écusson barré de la bâtardise. Eux, du moins, exigèrent de la cour qu'elle s'inclinât devant le fruit du péché. Je ne lui reproche pas d'avoir un enfant naturel, mais de ne pas nous le montrer. Qu'attend donc Mitterrand pour promener sa petite Mazarine sur le perron de l'Élysée, sous les flashes des photographes, devant tous ses courtisans agenouillés — d'autant que la loi sur la reconnaissance paternelle date de 1972 et qu'elle a été approuvée massivement par les socialistes ? Que ne la respecte-t-il ?

Le drame est là. Parce qu'il est absolu pour l'enfant, nous aurions bien tort d'en faire un drame relatif pour le père. Parce qu'il est aussi, pour la Nation, un drame absolu qu'un chef de l'État donne l'exemple de la déstructuration (déconfiture) de la famille. Ou alors, décrétons une (bonne) fois pour toutes : « Familles, je vous hais ! » comme s'écriait Gide. Votons donc la loi de la famille ! Il est vrai que c'est la quadrature du cercle en démocratie, fondée sur l'unité de façade de la famille, que de reconnaître l'enfant qui prouve qu'elle est désunie. Pourquoi pas un plébiscite sur Mazarine. Ce serait un vrai retour à la démocratie (ou sa vraie mise à l'épreuve). Parce qu'en notre monarchie républicaine, nous sommes en pleine monarchie élective, celle des rois de Pologne de jadis.

Elle cumule les inconvénients de la démocratie et ceux de la monarchie, l'électoralisme et l'absolutisme. Au lieu de nous en prouver les avantages, le libre fonctionnement des institutions, et la souveraineté (nationale ou populaire). Faut le faire ! Comme tous les princes de la démagogie, pour reprendre un mot de Maurras sur les rois élus,

Mitterrand a essayé de se fabriquer la légitimité introuvable, à coup de Panthéon justement — clin d'œil par-dessus l'épaule du dieu à la multiplicité païenne — et d'appel (d'offres) au peuple de gauche : Vous, qu'est-ce que vous avez fait ?

Vous avez rêvé la gauche, vous croyez que vous la faites quand vous parlez d'elle, lui disait déjà Malraux. Alors, il est juste qu'il rende à Mazarine sa légitimité — en même temps qu'il perd la sienne.

Il est juste qu'à son tour Mazarine devienne un enfant légitime. Que Cendrillon devienne une princesse. Qu'on la sorte de sa citrouille aseptisée. Un Mitterrand n'en deviendrait pas roi pour autant, mais un honnête homme.

Le seul vrai scandale, c'est que Mitterrand n'ait pas reconnu Mazarine. Qu'il éclate pour ce qu'il est : un scandale de la vérité.

Histoire d'un chantage

De quel bout qu'on prenne François Mitterrand, par la vie privée ou par la vie publique, par son passé contestable ou par l'échec incontestable de sa politique, on en revient toujours à la république du chantage. C'était une autre raison pour évoquer Mazarine que de la dénoncer en ses rouages invisibles : elle ne m'aurait pas suffi s'il n'y avait eu toutes les autres, que je viens d'énumérer. Sans doute ont-elles suffi, elles, à Françoise Giroud, mais pour pratiquer le chantage avec l'art consommé qu'on lui connaît des allusions, qui font frémir les seuls intéressés.

Ah, la maligne ! Elle avait beau susurrer fielleusement à Mitterrand comme à tous les autres : « Mon affection pour vous... », ce dernier continuait de faire la sourde oreille. Aucun appel du talon haut de cette opportuniste, ayant réussi d'extrême justesse son dernier retournement électoral de ragondin, ne pouvait venir à bout des réticences du prince. En mal de décorations, elle voulait effacer à tout prix son cuisant souvenir : qu'on eût démasqué jadis sa fausse médaille de la Résistance, pour des actions d'éclat tout aussi imaginaires que celles que le président s'est prêtées lui-même.

Ainsi ourdit-elle l'opération Mazarine. Elle se fit en deux temps. Avant son film, *le Bon Plaisir*, avec un navet du même nom, un roman à clé pour boniches, où, nul n'étant mieux servi que par soi-même, elle se décora du titre de grand écrivain sur ses placards publicitaires. Depuis quand ? Passons... Elle avait assez d'entregent pour paraître chez un grand éditeur. Pourquoi pas Gallimard, Grasset ou Flammarion ? Pourquoi un petit éditeur ? Parce qu'il portait le nom de la fillette : éditions *Mazarine*.

Son chantage se faisant graduellement, c'était le premier avertissement. D'autant que le livre racontait précisément l'histoire de l'enfant non reconnu d'un président de la République. Quel enfant, même s'il se travestissait ici en petit garçon ? Quel président, même s'il restait indéterminé ?

Du coup, de trente personnes au courant, il y en eut trois cents. Avec les bavardages, il y en eut trois mille. Après le film, il doit bien y avoir trente mille personnes à renifler qu'il n'y a pas de fumée sans feu... Par la faute de Françoise Giroud, les consignes de sécurité de la conservation d'un secret ont été, au sein de la société secrète, transgressées. Ainsi la première maille du manteau d'arlequin a-t-elle filé, entraînant le reste. Dès lors, j'étais en droit de dénoncer les scandales. Comment un homme de gauche, Marin Karmitz, a-t-il eu les moyens financiers de le produire ? De quelle aide a-t-il bénéficié ? Comment a-t-on pu autoriser une partie de son tournage à l'Élysée ? Dès que Mitterrand, comprenant qu'il ne s'agissait pas d'une opération à blanc, entendit la balle siffler à ses oreilles, il se hâta de lui remettre sa décoration, à la maîtresse chanteuse, les Arts et Lettres. Ah, les tricheurs ! C'était à en pleurer de rire, à l'Élysée. Deux visages liftés, face à face, solennels, se haïssant, échangeant des compliments mielleux. Si le Président avait pu l'étrangler, la Giroud, avec le cordon de l'ordre, il l'aurait fait ! Vous rendez-vous compte du spectacle ! Mieux que du Chaplin, ou du Mel Brooks, les véritables sketches de l'inconscient des êtres ! Comme il l'a décorée au titre des Arts et Lettres, ce devait être sûrement pour l'ensemble de son œuvre. À commencer par sa nouvelle « Désirée », sa première œuvrette parue dans le journal de Berlin en français de la *propagandstaffen* de Goebbels, entre un discours de Hitler et un reportage sur la jeunesse aryenne à l'entraînement. Ah, la désirée ! L'indésirable venait de crocheter la République.

Puis vint le film. Comment l'empêcher ? Il n'y avait plus rien à faire. L'opération était inadmissible, mais Mitterrand n'y pouvait plus rien. Il accorda même en grinçant de ses dents limées toutes les autorisations de tournage. Personne ne s'y est trompé dans le petit milieu. L'écriture de l'homme politique, en prégénérique, demandant à Catherine Deneuve, alias Anne, de se faire avorter, contrefaisait à s'y méprendre celle de Mitterrand. Je le sais, pour avoir reçu de lui une quinzaine de missives, couvertes de ses lettres rondes marquant l'extrême dissimulation. Quelle dégueulasserie de la part de Giroud que de mettre dans la tête de Mazarine que son père ne l'a pas souhaitée ! Le moins qu'on puisse dire...

Pauvre fillette, écartelée entre les enfants qui se moquent d'elle parce qu'elle prétend être la fille du président de la République, et l'inévitable révélation tardive de son rejet paternel. La métaphysique du néant de Mitterrand, l'avortement remboursé par la Sécurité sociale... Ah ! si, au moins, Anne et François s'étaient rencontrés neuf ans plus tard, ils auraient pu aller au stage officiel organisé par la préfecture de Loire-Atlantique, sous l'égide d'Yvette Roudy. Payés par la formation permanente, ils auraient docilement suivi l'enseignement sur le « droit des parents responsables », en bons Français : comment se donner du « bon plaisir » sans risque d'avoir un enfant.

Il n'y aurait pas eu, non plus, cette affaire Giroud. Jean-Louis Trintignant jouait à merveille le rôle de Mitterrand, la même raideur engoncée, la même démarche étriquée, et ce port de tête faussement altier. Il y a même la douleur au dos — le fameux cancer, qui devient ici la conséquence d'une inversion de chaussures à talonnette.

Mille séquences rappellent la réalité, pour qui la connaît. Comme celle de l'enfant jouant dans le jardin d'un mystérieux château sous la protection des gendarmes. Il s'agit de celui de Souzy-la-Briche, où s'ébattait Mazarine, sous celle des hommes du GIGN. Quant aux scènes de ménage de la femme du Président, elles ressemblent singulièrement à celles qu'il arrive à Danielle d'avoir avec son mari. Misérables clés, pour enfoncer des portes désormais béantes !

Reste le dénouement. La fameuse lettre, exigeant de la mère de l'enfant qu'elle se fasse avorter, est en possession d'un personnage que joue remarquablement Michel Auclair — le directeur d'une lettre confidentielle. Avant de se tuer, parce que son petit ami vient de se faire descendre sur instruction du ministre de l'Intérieur, il veut faire éditer cette lettre par désespoir et vengeance. La camionnette qui emmène les exemplaires est saisie à la sortie de l'imprimerie. Comme ce livre ne sortira pas. Et comme on va bien me retrouver un de ces jours avec une balle dans la tête.

Toute similitude avec les personnages ne pourrait être que pure coïncidence. Dieu merci ! Il ne saurait y avoir de symétrie entre toutes ces situations : Michel Auclair ne joue pas plus mon rôle que je ne songe à me substituer à Mitterrand pour tenir à mon tour son propre rôle. Certes, pour créer il faut se mettre à la place de quelqu'un, mais c'est tout au contraire de la comédie, où il faut imiter. De Béatrice à Mazarine, il n'y avait qu'un pas à franchir pour que le cercle de famille s'élargît.

Il y aurait bien d'autres choses à raconter sur ce Mitterrand, mais il fallait tout de même qu'après qu'il eut écrit sur mon autre fille, celle qui a toujours été reconnue, « Ariane, merveilleux personnage, vivra toujours dans la littérature » (*le Nouvel Observateur*, octobre 1974), je lui en fusse un peu reconnaissant. Passe-moi le séné, tu auras la rhubarbe. Dix ans après, je m'y résigne par nos filles interposées, tendres émissaires batifolants dans les prairies du non-dit. C'est Baudelaire qui nous l'enseigne toujours :

« La nature est un temple où de vivants piliers
Laissent parfois sortir de confuses paroles ;
L'homme y passe à travers des forêts de symboles
Qui l'observent avec des regards familiers. »

(*Correspondances*)

Ainsi ce livre n'aurait plus fait une, mais deux heureuses, puisque j'autorise Mitterrand à prendre la phrase que voici en bande de son prochain livre : Puisse Mazarine, merveilleuse petite brunette, retrouver sa légitimité grâce à la littérature.

Tout le reste n'est que littérature.

D'autant que j'ai retenu ma plume. Des dossiers de police dont je dispose, je n'ai rien épuisé. La basse littérature qui se serait échappée de ces égouts, d'après des pièces probablement indiscutables, aurait eu beau être accablante, la reconstitution historique du personnage, ce monument en péril, me suffit amplement.

D'ailleurs, la situation de l'historien des affaires contemporaines est unique. Vingt ans après la Terreur, n'importe quel historien pouvait dire ce qu'il pensait de la Terreur. Vingt ans après le 18-Brumaire, n'importe quel historien pouvait dire ce qu'il pensait du 18-Brumaire. Vingt ans après la Terreur blanche, n'importe quel historien pouvait s'exprimer sur la Terreur blanche ; vingt ans même, pour prendre un événement plus rapproché, après Diên Biên Phu, on pouvait interpréter l'Histoire comme on le voulait. Mais quarante ans après la collaboration et la Résistance, vingt-cinq ans après l'affaire de l'Observatoire, j'ai appris, à force de menaces, de pressions et de sollicitations affectueuses, qu'on n'avait plus le droit de parler honnêtement du passé de Mitterrand, pourtant lié à l'Histoire, de sa blessure du 14 juin 1940, de ses évasions, de sa Résistance, et de l'affaire de l'Observatoire, notamment, sur laquelle j'apporte la lumière finale. D'où vient cette nuit artificielle à la place du jour de l'Histoire ?

Le risque totalitaire, c'est quand la seule mémoire digne de confiance devient celle d'un parti officiel : c'est lui qui détient le dogme du passé. Il est toujours prêt à en offrir une version nouvelle au service du présent, à l'usage des ignares. Souvenons-nous de cette série de télévision sur Jean Moulin, financée par l'INA, sortie en décembre 1983. En fait de manipulations et de grossiers truquages, on ne pouvait rêver mieux. Sur fond du célèbre discours, volontairement fragmenté, de Malraux, qu'on entend mais sans jamais voir son visage, Mitterrand arrive tout pimpant, crève l'écran, se l'approprie, comme s'il venait de le prononcer lui-même. Veut-on savoir ce que Malraux lui déclarait vraiment, avec un incommensurable mépris : « Ah ! Mitterrand, candidat de toutes les gauches, dont l'extrême droite, laissez dormir la République ! Le choix n'est nullement entre la droite et la gauche, mais entre un homme de l'Histoire et des politiciens. Mitterrand n'est pas le successeur de De Gaulle, mais de son prédécesseur. Vous avez été onze fois ministre de la IVe, vous auriez pu l'être de la IIIe, de la IIe peut-être. Ni vous ni moi n'aurions pu l'être de la première... »

Plus loin, Malraux ajoutait prophétiquement : « Vous faites de l'Histoire-fiction, comme il y a de la science-fiction. » Parce que nous y sommes, le passé doit être retouché en sorte que ces événements se conforment à ceux du présent. Les archives affirment le contraire ? Qu'importe, on le corrige à coups de ciseaux avec les montages de l'audiovisuel ! Qui eût cru que cette géométrie, humaine, si profondément calculée, s'écrirait sur le sable, et qu'après si peu d'années il n'en resterait plus de traces ? Sauf celles surajoutées après coup ! Puisqu'on contrôle aussi la banque des données, il n'y a qu'à les falsifier. Pour le parti officiel, il n'y a pas de falsification, au contraire ; il y a rectification de l'enregistrement erroné.

Rectification de la vraie vie de Mitterrand, telle qu'il n'aimerait pas qu'on la voit et telle qu'il veut qu'elle nous soit contée.

Par ce qu'il nous cache et ce qu'il aimerait bien qu'on lui reconnaisse, sa légitimité historique. Est-ce parce qu'en promenant Mazarine, plutôt que de songer à reconnaître l'enfant, il s'est dit qu'on ne l'avait pas assez bien reconnu lui-même ? Comment s'y prendre ? Ce qui va suivre nous plonge en plein dans un chapitre de *1984,* d'Orwell — celui du ministre chargé de réécrire les articles de journaux du passé pour les rectifier. Fallait-il que la seule démocratie occidentale à rattraper un roman d'anticipation fût la France, l'année même de sa célébration ? Ce cauchemar prophétique ne s'était pas réalisé ? On respira, on encensa l'auteur de la fiction. Personne ne s'aperçut que le roman d'un François Mitterrand, c'était aussi de l'Orwell — c'est-à-dire une anticipation ridicule du totalitarisme moderne.

L'Histoire-fiction, dénoncée par André Malraux, s'est remise en marche. De même que, n'ayant pas le CAPA (certificat d'aptitude à la profession d'avocat), l'ancien garde des Sceaux Mitterrand profita de sa charge sous la IVe pour se faire avocat par un décret faussement général, il se fit faire Résistant a posteriori par un autre décret — évidemment faussement général ! Nul n'est mieux servi que par soi-même. Ainsi avait-il son mouvement de prisonniers, dont il réussit à prendre le contrôle avec force magouilles. Sauf que, créé après 1945, le MNPGD (Mouvement national des prisonniers de guerre et déportés) n'ayant, et pour cause, jamais été homologué par la Résistance, Mitterrand ne trouva rien de mieux que de le reconstituer à titre posthume. Il l'inventa par décret quarante ans après. Faut le faire !

Longue marche de l'imposture historique ! Déjà en 1978, Jean Védrine avait commencé à rassembler les interviews de son monumental dossier sur les prisonniers de guerre. En juillet 1981, Mitterrand le fit diffuser gratuitement dans toutes les bibliothèques publiques. À cette falsification préparée de longue date, seulement rendue possible par la disparition des témoins gênants, il fallait le texte officiel pour qu'elle devînt enfin institutionnelle — pour tout dire, vraie pour les enfants des écoles. Jugez-en par ce décret lui-même.

MINISTÈRE DE LA DÉFENSE

Décret n° 84-150 du 1er mars 1984 relatif à la situation de certaines formations de la Résistance.

Le Premier ministre,

Sur le rapport du ministre de l'Économie, des Finances et du Budget, du ministre de la Défense, du secrétaire d'État auprès du ministre de l'Économie, des Finances et du Budget, chargé du budget, et du secrétaire d'État auprès du ministre de la Défense, chargé des anciens combattants.

Vu le décret n° 75-725 du 6 août 1975 portant suppression des forclusions opposables à l'accueil des demandes de certains titres prévus par le code des pensions militaires d'invalidité et des victimes de guerre, complété par le décret n° 82-1080 du 17 décembre 1982,

Décrète :

Art. 1er. — Sur demande formulée dans l'année suivant la date de publication du présent décret, les formations de la Résistance non reconnues comme telles ou non homologuées comme unités combattantes pourront, par déclaration spéciale du ministre chargé des armées, être assimilées à des réseaux et mouvements de la Résistance ou à des unités combattantes.

Cette déclaration spéciale est établie dans le premier cas après avis de la commission nationale consultative de la

Résistance créée par le décret n° 70-768 du 27 août 1970 et dans le second cas après avis de la commission spéciale prévue à l'article A. 119 du code susvisé.

Art. 2. — Un arrêté interministériel définit les conditions dans lesquelles les formations précitées peuvent obtenir la déclaration spéciale visée à l'article 1er.

Art. 3. — Le ministre de l'Économie, des Finances et du Budget, le ministre de la Défense, le secrétaire d'État auprès du ministre de l'Économie, des Finances et du Budget, chargé du budget, et le secrétaire d'État auprès du ministre de la Défense, chargé des anciens combattants, sont chargés, chacun en ce qui le concerne, de l'exécution du présent décret, qui sera publié au *Journal officiel* de la République française.

Fait à Paris, le 1er mars 1984.

PIERRE MAUROY

Par le Premier ministre :

Le ministre de la Défense,
Charles HERNU.

Le ministre de l'Économie, des Finances et du Budget,
Jacques DELORS.

Le secrétaire d'État auprès du ministre de l'Économie, des Finances et du Budget, chargé du budget,
Henri EMMANUELLI.

Le secrétaire d'État auprès du ministre et de la Défense, chargé des anciens combattants,
Jean LAURAIN.

Il ne fallut pas moins de cinq ministres pour parapher cette minable supercherie. Hernu, Emmanuelli, Laurain, Delors et Mauroy ! Qui était derrière, gros comme une montage et qui, pour une fois, avait oublié d'y mettre son nom ? Signé Furax ! Mitterrand, ou la réalité décrétée…

À qui profitait-elle ? Au MNPGD, pardi ! Parce qu'à part les « malgré nous » alsaciens de l'armée allemande, il n'y avait personne d'autre à faire inscrire. Ô scandaleuse distorsion de l'Histoire ! Si demain on nous enseigne, contre toute évidence, que Mitterrand fut Résistant, ce sera aussi vrai que les cigognes de Strasbourg déposent les nouveau-nés dans les berceaux. *Malgré nous* !

Ô mouvement lazaréen ! Ô miracle de la Rose !

On rassembla les survivants autour d'un buffet somptueux au Cercle militaire, place Saint-Augustin. Mitterrand vint les saluer, que dis-je, les mordre, en vrai vampire qui se respecte. Il n'y avait plus rien à craindre. Les morts, eux, ne ressusciteraient pas pour témoigner contre sa supercherie. Quant aux vivants, zombies reclus, arthritiques, précomateux sortis tout perclus de son poème hilarant, sa *Légende des siècles,* il pouvait leur faire confiance : c'étaient des mordus de Mitterrand, en quête de reconnaissance, pauvres petits mazarins recuits. « Je suis une légende », titrait l'Américain Matheson. À moins que ce n'eût été un film, *la Grande Illusion* ? Ou du théâtre, *l'Illusion comique,* de Corneille ? On nomma même un liquidateur du réseau, il s'appelait Jacques Benet — aussi benêt que son nom l'indique — lequel se chargea lui-même d'un compte rendu qu'il offrit à la vente afin que personne ne puisse soupçonner Mitterrand d'avoir acheté sa Résistance grâce à des témoignages de complaisance. Rien ne manquait à la mise en scène, petits fours, embrassades gâteuses et mythomanie collective sous le gros insigne inventé pour la circonstance — un crachat, comme on dit. Craignons qu'ils n'en reviennent d'autres sur leurs tombes : les crachats de mépris des morts de la Résistance. Messieurs, comment ne pouvez-vous pas sombrer dans la honte ? En tout cas, c'est dans le ridicule. Il est vrai qu'on s'occupe comme on peut. Il faut être tout indulgence pour les palinodies du troisième âge…

Au moins, le dossier de Védrine nous fournit-il, sans l'avoir voulu, des arguments intéressants contre le président de la République. Pourtant il limite les dégâts, après les hagiographies insensées d'un Manceron, ou d'un Charles Moulin — autre membre de la conspiration présidentialo-romanesque. Ou des ouvrages plus respectables (encore qu'abusés souvent) de F. O. Giesbert, de J.-M. Borzeix, ou Cayrol. Sur cette période de 1940-1944, ils se contredisent carrément, ou bien, d'un livre l'autre, on constate un nouvel embellissement de cette hideuse façade de carton-pâte que j'ai le regret de démolir pour rendre la douce France à ses véritables harmonies.

Mitterrand a-t-il pu s'évader trois fois ? Sur ces affiches électorales, dans la Nièvre, il ne se vantait que de *deux* évasions. Comment a-t-il pu s'évader une troisième fois ? Mieux que l'honorable soldat japonais perdu vingt ans sur une île du Pacifique et croyant que la Deuxième Guerre mondiale continuait, ce Mitterrand a battu tous les records ; il a attendu trente ans pour s'évader une troisième fois, grâce à une biographie de Claude Manceron.

À reprendre Védrine, on constate que Mitterrand lui a fait l'« honneur » (rien de moins : c'est le mot qu'il a employé en me parlant, l'honoré !) d'ajouter une lettre au dossier qui l'accrédite. Et encore, quelles surprises va-t-il nous réserver ? S'il n'y avait ce livre pour l'en empêcher.

J'en frémirais d'impatience : « Ce récit n'est pas exhaustif, écrit Mitterrand le 23 novembre 1978, mais je n'y relève pas d'erreur. »

Moi, j'en relève, en dépit de l'extraordinaire habileté du montage. À déchiffrer attentivement Védrine, la chronologie démontre, bien malgré elle, la mystification. Entre les dates de sa deuxième évasion, le 28 novembre 1941, et celle de la troisième, le 10 décembre 1941, il s'écoule seulement onze jours. Entre-temps, il aurait pu prendre le train, être arrêté à l'hôtel *Cécilia,* à Metz, et être ramené au camp de Boulay, annexe de l'hospice des sœurs de Saint-Vincent-de-Paul, transformé en hôpital militaire pour les soldats allemands. C'est possible.

En revanche, il est impossible qu'après s'être évadé avec les dénommés Barrin et Levrard du Stalag 9 A, clos de deux rangées de barbelés d'une hauteur de trois mètres, espacées d'environ quatre mètres, plus les intervalles de chevaux de frise, très denses, plus les projecteurs balayant sans cesse la grille et qui n'avaient rien à voir avec les projecteurs complaisants que Claude Manceron, quarante ans plus tard, ferait jouer sur cette escapade avortée, les Allemands eussent eu l'imprudence de le gratifier *moins d'une semaine après avoir été repris* d'un traitement de faveur : camp en France et surveillance plus relâchée ! Tous les prisonniers évadés étaient envoyés dans des camps de représailles situés en Allemagne orientale et en Pologne (le célèbre Rawa Ruska). Pourquoi Mitterrand aurait-il fait exception, s'il n'y avait eu une autre anguille sous roche ?

Quelle pêche miraculeuse ! Décidément, il y a bien des anguilles dans les eaux marécageuses du passé de Mitterrand. Celles du lac Balaton, en Hongrie, en 1943, étaient pleines de roseaux et de sangsues : tout petit garçon, je contemplais le ciel plein d'escadrilles de bombardiers, confettis argentés qui survolaient ce petit pays encore neutre, dernier îlot féodal devant la grande marée russe, qui s'apprêtait à recouvrir cet ultime banc de sable. Tout commençait en conte de fées, et se terminerait en tragédie. Les Allemands n'arrivèrent qu'en 1944, et les Russes, en 1945. Après, je me terrais dans les caves de

Budapest assiégée pendant cinquante-quatre jours. Un de mes livres, *la Cause des peuples,* raconte ces années terribles et radieuses de ma vie.

Après avoir sauté sur les genoux du maréchal Pétain, je sautai sur ceux de l'amiral Horthy, le régent, garant de la monarchie hongroise. Puis je sautai sur les genoux des évadés français, ceux qui avaient réussi à fuir les fameux camps polonais de représailles. Mon père, attaché militaire à Budapest, était dans la clandestinité l'organisateur des cinquièmes colonnes de résistance en Europe de l'Est. Il commandait environ deux mille hommes. Il les entraînait au bord du lac Balaton, avant de les envoyer en Yougoslavie ou en Slovaquie se battre contre les Allemands. Une manie, me faire sauter sur les genoux. C'est là que Barrin, le « compagnon d'évasion » de Mitterrand, me fit sauter. Sauf qu'en arrivant en Hongrie il ne s'était jamais évadé avec un Mitterrand, comme les biographies de celui-ci le prétendent. Quant à ma propre biographie, tombant d'une étagère de ma bibliothèque sur ma table, elle s'ouvrit justement sur l'intermède hongrois de mon enfance. Comme le hasard n'existe pas, détective du temps retrouvé, *la Cause des peuples* venait à point nommé de mon enquête borgésienne : c'est en remontant une fois de plus dans mon passé que je remontai celui de Mitterrand.

En son pauvre labyrinthe de chiffres falsifiés, de faits incertains et de témoins introuvables, je n'allais pas tarder à défaire l'écheveau d'inexactitudes : parce que cet homme tombe en quenouille dès qu'on démêle ces « parts de vérité » qui finissent par tisser le manteau de notre arlequin bidonneur. Grâce à la puissance tutélaire de mon père, qui est resté leur maître à tous, je retrouvai ces évadés, les plus rudes et les plus courageux prisonniers français, des têtes brûlées, des fous, d'immenses patriotes.

Tous s'étaient évadés au moins deux fois pour se retrouver en Hongrie. Barrin est mort, mais il a fait ses confidences après la guerre. Il n'a jamais connu Mitterrand. Comment aurait-il pu s'enfuir avec lui ? D'autres en savent plus long, les frères maristes de Brive. Il y avait un homme, le frère Albert, aujourd'hui retiré à Saint-Pourçain, dont le curé, l'abbé Leclerc, mort en 1965, était le compagnon de la première évasion de Mitterrand. Je sautai sur les genoux du frère Albert. Comme je sautai sur les genoux du frère Victor, sur les genoux du frère Joseph Sandoz et sur ceux du frère Eustache, sur les genoux pointus du frère Jean-Baptiste, le Basque Bonebels, l'acrobate filiforme, évadé de Rawa Ruska. Il s'était savonné le corps pour mieux glisser, tout nu, entre les barreaux de sa cellule, et sauter dans la neige quinze mètres plus bas. C'était le plus extraordinaire risque-tout de la bande, un héros qui, entre deux prières et une partie de chistera, n'ayant jamais cessé de s'entraîner contre les hauts murs des centrales pénitentiaires nazies, retournait au combat, mitraillette au poing. Cet homme qui n'a jamais menti, je l'appelai dans le couvent où il s'était retiré. J'entendis sa voix rocailleuse cascadant un gros rire à propos de Mitterrand. À la fin de notre conversation, il me dit : « Adieu, mon petit Jean-Edern. » Je restais, pour lui, ce gosse à cheval sur ses larges épaules dans les eaux du lac Balaton. Adieu, mon grand Jean-Baptiste.

Tous ces témoignages concordent. Mitterrand n'a pu s'évader trois fois. Quant à sa seconde évasion, l'implacable logique des faits la rend aussi douteuse. Si les Allemands ne l'ont pas puni comme la première fois (deux mois au cachot), c'est qu'il ne s'est même pas évadé deux fois, mais une seule, et en ratant son coup en plus, le maladroit. Aux énigmes troublantes de la vie des êtres, les réponses se font souvent tardives : les maristes s'étaient vengés d'une manière indirecte de leur ancien élève, devenu contempteur de l'école libre, François, l'enfant hybride des deux Marie (Eugène Deloncle, dit Marie, et François Marie Méténier) et des maristes du 104, rue de Vaugirard, à Paris. Bref, si Mitterrand s'était évadé *deux* fois, il serait arrivé lui aussi en Hongrie, dernier pays neutre, par conséquent refuge naturel des échappés des camps disciplinaires. Je l'aurais connu à sept ans, au lieu d'attendre que ce plaisir, dont je me serais volontiers dispensé, m'arrive à trente-trois ans.

Bien sûr, j'aurais aussi sauté sur ses genoux. Comme il va sauter sur ce livre.

J'ai dû aussi sauter sur les genoux de René Picard, l'actuel président des évadés de guerre. Sans le savoir, je déjeunai avec lui, le 21 mai 1981, à l'Élysée. Perdu au milieu des tablées de grands obligés ou de gros obligeants, les mordus de Mitterrand. Picard, c'était l'adjoint du lieutenant de Lanurien, l'un des bras droits de mon père, qui lança les commandos dans les neiges de Bohême sous les hautes tours des châteaux pour contes de vampire. Sans doute fut-il mordu lui aussi, sans le savoir... par la prescience mitterrandienne. Quand je lui téléphonai, il fut bien aimable. Il avait même sur sa cheminée ma photo, au bord du lac Balaton, habillé en petit marin. Mais quand nous en arrivâmes à l'épineuse question des évasions du président de la République, il parut soudain extrêmement gêné. Comment se faisait-il que Mitterrand n'eût même pas la médaille des évadés ? Cet évadé surhumain, ce fou de décorations, il les a toutes sauf deux : celle de compagnon de la Libération, attribuée aux seuls Résistants, et celle-là, qui serait sûrement à ses yeux sans prix, puisqu'elle consacrerait les plus beaux exploits, ceux qu'il s'est attribués lui-même. Picard s'enferra : il n'a pas la médaille parce qu'il faut, pour l'avoir, le témoignage de deux camarades ayant assisté à l'évasion, sans y avoir participé. Alors comment se fait-il que dans les camps où il aurait séjourné, le Stalag 9, à Kassel, à deux reprises, et le camp de Boulay, jamais personne ne l'ait vu s'évader ? Comment se fait-il que la troisième fois, si l'on en croit Manceron, l'historien officiel du septennat, un certain Galand selon Védrine, ou Baland selon Manceron, « se serait arrangé pour couvrir son évasion par des mouvements apparemment affolés de prisonnier qui semèrent la confusion » ? Comment ne s'en est-il pas trouvé un seul pour témoigner de cette troisième évasion ? Gaston Acadias, l'un de ses compagnons de Stalag, habitant de Tonnay, en Charente, affirme, lui, qu'il ne s'est jamais évadé. Comment se fait-il que même ses compagnons d'évasion n'aient pas témoigné ? Ni l'abbé Leclerc, pour sa première évasion — dont le frère Bonebels me déclara qu'il en pensait, pour d'obscures raisons, le plus grand mal ? Ce qui tendrait à démontrer que même la première évasion cache, elle aussi, une part de mystère. Ni Levrard ni Barrin pour sa seconde évasion, ni les innombrables prisonniers qui firent courir, à Boulay, le bruit de son évasion, ni le Baland, ni le Galand, selon Manceron ou Védrine, qui ne sont jamais d'accord entre eux sauf pour cirer les pompes du Mitterrand qui les cautionne tous les deux ?

En revanche, il y en a un qui aurait pu le faire, mais on l'en a empêché. Pourtant Mitterrand aurait pu se balader partout avec lui, en le présentant comme son ami. Il aurait même été son unique caution, s'il l'avait voulu. À lui tout seul, cet ancien proviseur du collège Saint-Martin, à Pontoise, du nom de Louis Amadieu, valait bien une demi-médaille des évadés, puisqu'il lui fallait, je le répète, un autre témoin pour la mériter tout entière. Il est même singulièrement curieux que, après qu'il fut interrogé au début du dossier Védrine, son témoignage, qui eût été inestimable, ne mentionnât même pas qu'il avait tenté de s'évader avec Mitterrand lors de sa prétendue troisième évasion.

Voici ce que Védrine lui a demandé de ne pas raconter. Homme désintéressé et indifférent, membre a posteriori du MNPGD, mais surtout plus sérieusement du réseau Alliance de Marie-Madeleine Fourcade, Amadieu, ce véritable Résistant, n'a pas cherché à en savoir plus. Il se contentait de faire plaisir à de vieux copains, remâchant bien étrangement ce maigre bout de gras du passé qu'ils auraient bien voulu avoir. Voici ce qu'il raconte : « Un matin, dans la cour du Stalag, il y a un appel pour décharger un wagon de pommes de terre en dehors du camp. Mitterrand, qu'on n'aurait pas cru à ce point amateur de patates, se porte aussitôt volontaire. » Purée ! On se demande bien pourquoi cette subite détermination. Toujours est-il que personne d'autre parmi les prisonniers n'ayant manifesté une envie particulière de l'accompagner, on en désigne quelques-uns, parmi lesquels se trouvait Amadieu. Au cours du déchargement, Mitterrand prend ses jambes à son cou, faussant compagnie aux Allemands, qui tirent dans tous les sens, sauf dans le sien ; Amadieu se cache dans le wagon, quelques prisonniers, même, se font cartonner par les sentinelles. On savait déjà Mitterrand immense, mais pas à ce point-là.

Pourquoi cette histoire est-elle restée si soigneusement cachée ?

D'abord parce qu'elle est parfaitement ridicule, ensuite parce que c'est la plus grosse de toutes les anguilles, mais sous un sac de pommes de terre. Tout simplement, elle montre que l'évasion n'aurait pu se faire sans la complicité des Allemands. Ils l'ont permise, ils l'ont favorisée. Mais c'est Mitterrand qui a imaginé la mise en scène.

À vrai dire, on lui pardonnerait volontiers de s'être ainsi évadé, puisque, l'essentiel étant de s'en sortir, tous les moyens étaient bons, même la collusion avec l'ennemi.

L'important, c'est l'éclairage psychologique que donne l'évasion à l'individu. Mitterrand répète toujours, selon un même processus mental, la même supercherie. Sa seule finalité : se faire valoir.

Ô obscures années d'apprentissage ! Le coup monté de Boulay, c'est la répétition générale de celui de l'Observatoire en 1959.

Le camp des profiteurs

En vérité, ne mérite le nom sacré de Résistant que celui qui a pris les armes avant 1942 — Jean Moulin, Manouchian, de Gaulle, plus les lycéens du 10 novembre 1940, avec Pierre Daix, sur la place de l'Étoile, alors que tout paraissait perdu. Comme la plupart des Français, Mitterrand se serait parfaitement accommodé de l'Occupation. « J'ai le poumon écologiste, je sais d'où vient le vent », dit-il. Ce n'est pas si sûr. Tout démontre même le contraire, il n'a jamais ramassé les fruits du temps quand ils étaient mûrs mais à terre et pourris. Il n'a pas été dans l'éternel camp des héros mais dans celui des profiteurs. Il s'est aligné dans la grande rafle des prébendes résistantialistes et des postes à pourvoir : c'est pourquoi il n'a résisté activement que dans les cinq derniers mois de l'Occupation, en 1944. La consigne était alors : « Casser du

Boche. » On ne connaît à Mitterrand aucune action d'éclat. Sauf cette péripétie héroïque : l'attaque d'un lieu qui aurait été imprenable s'il avait été occupé, et héroïquement, sans armes. Il s'agissait du 3, rue Meyerber, succursale du ministère des Anciens Combattants. S'il avait vraiment appartenu à un réseau de Résistance, il n'aurait jamais éprouver le besoin de le fabriquer, trente-six ans plus tard. CQFD. D'ailleurs, il n'a plus personne de sérieux pour le cautionner. Dechartre, à l'honorabilité entachée de ses affaires dans l'île de Ré ? Passy ? De quel poids de vérité ces noms pèsent-ils ? Ou celui de Bénouville, sa dernière caution ? Depuis les révélations finales de Hardy sur la mort de Jean Moulin, qui l'accablent, elles s'envolent comme une plume au vent de l'histoire faussée. Y a-t-il eu jamais seulement de vrais témoins ? On en dénombre trois autres. Sa femme, Danielle, qui est récusable. La Résistante Bertie Albrecht, sauf qu'elle a été décapitée à Cologne et qu'à la cérémonie de Cluny pour commémorer sa mémoire, Mitterrand a fait interdire à son fils de s'y rendre. Quelle autre anguille sous roche ? Certes, il reste Marguerite Duras, autre littéraire, comme Mitterrand. Il y a tout à craindre de cette funeste race. Surtout quand notre bonne Marguerite raconte ingénument qu'un « gestapiste » était venu une fois l'arrêter chez lui — alors qu'ils arrivaient toujours à quatre. Rien que des morts pour le cautionner. Comme l'écrit Philippe Muray, dans ce chef-d'œuvre, *le XIXe à travers les âges* : « Les morts-vivants ont toujours pesé d'un poids très agréable et nécessaire sur les vivants morts. » Ce panthéon toujours ! L'auteur désigne la cérémonie comme une « superproduction financée par l'establishment socialiste et l'underground occultiste ». Mitterrand ressemble au président Schreiber de Freud, dont le Dieu n'avait de rapports qu'avec les morts et ne comprenait rien aux vivants. À cette différence près que la mort l'arrange obligatoirement. Celle des autres. Parce que je le répète : cet homme est un lâche. Il l'a toujours été, il le sera toujours. De l'ambulance où il s'enfuit du front, en 1940, à son refus à Alger d'aller rejoindre le corps expéditionnaire en Italie, où de Gaulle voulait l'envoyer, aux protections grotesques dont il s'entoure aujourd'hui à l'Élysée, il allie en lui la peur physique à la lâcheté intellectuelle, travestie en opportunisme.

En somme, c'est un réaliste fuyant. À nouveau, il répond à la définition que Sartre faisait du collaborateur, mais la plus méprisable d'entre toutes : « Celui qui ne risque jamais jusqu'au bout, pour prouver au péril de sa vie ou de sa pensée même, le bien-fondé de sa cause. » Réaliste, il fait une morale renversée. Au lieu de juger le fait à la lumière du droit, il fonde le droit sur le fait, écrit-il. Au fond, rien n'a changé depuis la guerre. La France, vieillarde fétide, se disloque en susurrant les choses de l'histoire. En aura-t-elle jamais fini de trempouiller dans la grande pétainiaiserie où elle se complaît ? Aujourd'hui, le seul débat qui déchaîne les passions nous ramène quarante ans en arrière. Il fallait bien qu'en notre société des apparences les chirurgiens esthétiques en viennent à remplacer les historiens. C'est désolant. Incapables de regarder de face le présent, nous n'en finissons pas de digérer nos défaites — et d'arranger le passé à notre pommade, comme si pouvions encore le refaire, que dis-je, le faire lifter...

Un écrivain raté

Cela revient à expliquer pourquoi notre littérature est à la traîne de ce passé. Mitterrand étant une créature littéraire, c'est un châtiment bien mérité qu'il tombe par où il a péché. Son goût pour les lettres l'aura perdu : surtout qu'il ne se plaigne pas qu'un « grand écrivain au talent vaste et fort », arrivé à la force de l'âge, fasse pleinement usage de cette force. Ceci est une leçon de grande littérature.

Enfin les choses étant ce qu'elles sont, comme dirait de Gaulle, la tradition française veut qu'un grand écrivain soit un homme politique raté — de Chateaubriand à moi-même —, et un président, un nostalgique de la littérature. Même s'il n'a rien lu, à chaque fois qu'il se fait interviewer, il ne manque pas de glisser qu'il vient de relire ceci, ou cela. Ça fait chic, mais il sait qu'il n'est qu'un écrivain raté.

« Comment fait-on pour être un grand écrivain ? » me demanda-t-il, une fois, l'air songeur, dans son grand bureau, tandis que le crépuscule élyséen se languissait sur les dorures. Lui aurais-je répondu qu'il en était un, je repartais la poche gonflée d'un portefeuille ministériel. Ou j'aurais pu être pareil au régent du Parnasse, Boileau, répondant à Louis XIV qui voulait savoir s'il avait goûté ses vers : « Sire, je vous ai lu, lui dit-il, et je dois vous faire cet aveu. À votre majesté, rien n'est impossible, elle a voulu faire de mauvais vers et elle y a réussi. »

Mais ce rire, le rire de la vérité, recommença à sourdre au fond de mon estomac. Il montait et, comme il montait, je détournais la tête pour contempler le ciel obscurci, le temps de reprendre mon sérieux et de me refaire la contenance grave, un peu compassée, de mise en ces lieux. Enfin, cessant de l'appeler par son nom, je lui répondis :

— En disant la vérité, (sire) Monsieur le Président.

On eût entendu un Attali voler.

— Ah bon, me dit-il, vous en êtes sûr ?

Ce dont j'étais sûr, c'est que de Gaulle est un magnifique prosateur — dans la lignée de Bossuet — et Pompidou, un joli arrangeur d'anthologies poétiques, Giscard rêvant d'être Maupassant.

J'allais oublier de le cafarder, Tonton, ce soir-là, revint à la charge, mazarinisé, guettant ma reconnaissance. « Mais n'y a-t-il pas quelques pages de moi que vous aimez ? » quémanda-t-il. « Celles que vous avez retirées de la circulation, lui répondis-je, les premiers chapitres du *Coup d'État permanent,* votre meilleur livre. Dans vos diatribes contre la constitution de la Ve souffle justement un peu de cette force de Vérité dont je vous parlais tout à l'heure. Il faut toujours écrire contre soi-même. »

Nouveau silence. Il préféra changer de conversation. « Votre fille, comment va-t-elle ? » s'enquit-il courtoisement. « Et la vôtre ? » lui répondis-je. Bzzzlizzzzlizzz, envol nuptial de mouches... Bzzlizzzlizzbzz... Non, c'est le téléphone. Le geste étriqué, il décroche, l'avant-bras collé aux mamelles. « Surtout, n'en dites rien à Attali », dit notre maître chanté. Il raccroche, onctueux, la vaseline plein la bouche.

Au fond, si le bât blesse, c'est que Tonton ignore — même s'il s'en doute — ce que je pense de son talent d'écrivain, m'étant toujours tenu sur une éloquente réserve. À quoi bon faire de la peine aux gens ?

Parce que Tonton avait vingt-cinq ans à l'époque de Pétain, à l'âge de la formation littéraire, il en prit obligatoirement la teinture. De cette cristallisation colorée mais indélébile du langage, il lui est tout resté. À preuve cette affiche de la Force Tranquille, sur fond de labours de France profonde et de clochers, affiche dont on a pu découvrir à l'exposition de Beaubourg, *Paris-Paris*, qu'elle reproduisait exactement la plus célèbre qu'eût fait fabriquer Pétain pour sa propagande. Oui, c'est toujours le même homme, au regard de substitut du procureur, à Jarnac, fixant l'avenir avec la force tranquille de ses animaux de labours. Français, si vous saviez quel grand écrivain vous avez perdu, quand Mitterrand a fait don de sa personne à la France ! Comme on donne son cadavre à la science. Le don, sa manie. Ce qu'il se donne, cet homme ! Avant de faire don de son départ aux Français, il était important que l'on sût qu'en homme de tous les reniements, il lui restait au moins sa profonde fidélité à la mauvaise littérature.

Analysons la sienne. Parce que ses contorsions zeliguesques sont effectivement passées jadis à la moulinette de la rhétorique vichyste, du retour à la terre, des collines bien peu inspirées, du sacro-saint enracinement (tu parles), et de travail, famille, patrie, style rapporté, plat, sans le moindre envol, comme la raideur corpulente ensanglée de l'individu, genre tripoteur de glèbe, idiosyncrastiquement terre à terre, irrémédiablement bas du cul, sans recul entre la crotte et la motte. Comme dit Lang, par mimétisme comices agricoles et collabo terrien : « Là où la broussaille avait parfois stérilisé les terres cultivées, la sève de la vie circulera à nouveau. Il faut recréer l'humus, réensemencer le terreau. » Ou sang-froid, Frégis Tasbide, chien transi d'ambassade, pour flatter Tonton, dans une inénarrable description d'un dimanche d'août à Latché : « C'était venu de loin (moi, j'ai sorti la bouteille, cru francisque 1943). Nous, socialistes, nous avons planté. Les radicelles ont pris, et ne déprendront plus. Je n'ai jamais entendu François Mitterrand montrer plus lumineusement *sa "vertu de suite"*, comme dit Saint-Simon. »

Hier et aujourd'hui, c'est toujours le même talent qu'il fait éclater dans toute sa plénitude de clichés ruraux, comme dans le numéro 5 de la revue de l'*État nouveau* (préfacée par le maréchal Pétain, on s'en serait douté...), où il écrit que les coteaux étaient *ondulés,* son pays *natal,* son clos *exigu,* trois pléonasmes à la ligne, tandis que déjà force *tranquille,* parcourant *paisible* et *calme* la campagne, il se demande s'il ne va pas se retirer. En effet, les fièvres *d'antan lui paraissent bien vaines maintenant.* Que n'a-t-il fait don de sa personne à la littérature une fois pour toutes ? Il nous aurait foutu la paix ! Zénaïde Fleuriot, ou Henry Bordeaux auraient trouvé en lui un digne successeur pour l'amphigourisme plat, la prose ampoulée et l'insignifiance bullomatique.

N'y aurait-il que ce bla-bla-bla, cette prétention littéraire — où Tonton se retrouve en Attali, lequel se reproduit en Debray qui donne la main à Fillioux et autres tâcherons — que je n'y verrais aucun inconvénient. Vais-je reprocher aux vendeuses de Prisunic de mettre des parfums bon marché ? Aux dames pipi de sentir l'ammoniaque, ou plus cruellement aux bègues de bégayer ? Mitterrand n'y peut rien s'il n'a lui non plus ni style, ni classe... lui et les siens sont des infirmes. Mais il ne faudrait tout de même pas que les jeux Olympiques des handicapés remplacent les autres. Et que l'on n'essaye pas un peu sérieusement de comprendre pourquoi il a piqué Montaigne sur sa photo officielle, comme il avait déjà piqué à Paulhan son titre agricole, *la Paille et le grain ;* tout piquer, cette manie, la kleptomanie d'État ? Ce qu'il appelle si volontiers « capter », selon Dominique Labbé.

Est-ce parce que Montaigne incarne une certaine idée de la droite — le cynisme et l'éducation aristocratique, les précepteurs privés contre les instituteurs, que Tonton méprise mais qui le tiennent aussi par chantage — c'est nous qui t'avons fait prince — lui rappelaient-ils fermement, en l'obligeant à relancer la querelle de l'école libre. Non, son arrière-pensée, sa secrète hantise, c'est de conquérir une puissance étrangère. Pas la Russie, elle a déjà conquis une partie de la France, pas l'Amérique, elle a l'autre, pas le monde arabe, nous l'abritons... Ce qu'il veut, c'est conquérir la légitimité par les intellectuels. Bref, faute d'être un écrivain, il rêvait au moins de se faire passer pour le premier intellectuel de France — l'intellectuel étant un écrivain raté parlant en son propre nom.

Drôles d'hérétiques

Je suis Zelig-roi, la vedette institutionnelle absolue, dit-il. Mais pour que la société puisse se légitimer au plus haut niveau au moyen de la vedette, il faudra qu'on raccorde le vedettariat à la culture. D'où la seule continuité mitterrandouteuse : un besoin éperdu, dévorant, languissant et trémolesque de la légitimité littéraire et intellectuelle qui lui a toujours manquée. On ne comprendra rien au régime si on ne comprend pas que c'était une société secrète d'écrivains ratés. Dans cette plaie, laissez que je continue à remuer le fer.

Et puisqu'il y a des intellectuels à l'Élysée, Debray, la donneuse du Che, le retraité de la Cordillère des Andes, ou Attali renifleur, des historiens de troisième ordre, le Manceron, et des écrivains de quatrième dans les cercles concentriques. De sang-froid Régis Tasbide, des Gallo, Guimard, Jouffroy, Pingaud, les autres n'ont qu'à se taire, comme les femmes, les militants et les mécanos. C'est un progrès par rapport aux fameux intellectuels organiques, avec un appareil d'État marxiste en guise de râtelier mais qui, au moins, étaient liés à l'idéologie : eux ce sont les privés du Président, ses flics et ses chiens de garde. Ils aboient : les intellectuels, c'est nous.

Qui se ressemble, s'assemble... Ce sont tous des plagiaires, des frustrés, des faussaires. Tel un Gallo n'hésitant pas à inventer de toutes pièces des camps de concentration dans la biographie faisandée de Martin Gray, « pour faire bien », dira-t-il après s'être impitoyablement décrit lui-même, d'avance, dans une interview paru en 1977, dans *l'Unité* : « L'Histoire du XXe siècle a démontré, preuves cuisantes à l'appui, que le ralliement inconditionnel des intellectuels au pouvoir, quel qu'il soit, était une erreur dont les conséquences étaient toujours une atteinte aux libertés. Il faut que les intellectuels sachent demeurer des hérétiques têtus. Je suis et je resterai un hérétique. » Drôle d'hérétique ! Ah, ils méritent toute notre indulgente pitié ! et je les ai toujours traités gentiment pour ce qu'ils sont. S'ils sont devenus socialistes, ce fut pour compenser dans les appareils leur manque de talent. Déjà George Orwell, héros de la gauche, écrivait des prosateurs socialistes : « Ce sont des outres vides et ennuyeuses. Les créateurs ayant un tant soit peu de poids ne peuvent qu'y être résolument réfractaires. » *(le Quai du Wigan)* L'État, pour eux, c'est la possibilité inespérée de régler leurs vieux comptes. Derrière chacune de leurs attitudes — ou de leurs allusions — pas la peine de chercher un quelconque dessein, un projet d'envergure, une idée un tant soit peu généreuse : étriqués et rancuniers, en souvenir des humiliations reçues, ils essayent de se venger sur les autres d'avoir été les cancres de la classe culturelle française. Je les ai épinglés durement les uns après les autres. Présent par hasard au Canada, j'avertis le correspondant de l'AFP que Debray, venu faire une tournée de conférences, ne manquerait pas de dire des conneries, ce qui advint, inévitablement. Puis je donnai à Attali l'arme de son crime, sur laquelle il s'empala lui-même — le *Traité du sablier,* d'Ernst Jünger, qu'il plagia d'une manière touchante dans son *Histoire de temps,* ce qui me permit de le démasquer. Si je reviens sur cette affaire, c'est bien parce qu'elle illustre l'idéologie de la confiscation, du vol à la tire — de la privatisation au profit du chacun pour soi — et de l'escroquerie intellectuelle où le régime s'est installé au plus haut niveau : « Le projet socialiste est un projet fondamentalement culturel », devait déclarer solennellement et répéter, à tire-larigot, Tonton, dès le lendemain de son investiture. La culture socialiste, on n'en parlait guère avant que je ne l'universalise. Malgré les rodomontades de Lang ! Il fallait bien que je donnasse un coup de main à ces ringards ! Pour la première fois qu'on parlait de cette foutue culture socialiste à l'étranger, nos deux photos, celle d'Attali et la mienne, de la première page du *New York Times* au *Tokyo Shimbun,* ont agité le monde entier d'un rire planétaire, ils ne m'ont même pas été reconnaissants ! Pourtant, comme dans la famille Fenouillard, la Papouasie s'en tient encore les côtes et je veux croire que le récent tremblement de terre en Nouvelle-Guinée en a été *la conséquence à retardement...*

Messieurs, je n'étais pas des vôtres, vous vous en doutiez un peu. Même si vous avez cru pouvoir me tenir avec quelques hochets, ceux que vous distribuez à l'armée des mendiants de la nullité pour qu'elle se taise. Petits mazarins, eux aussi, que voulaient-ils ? Que je les légitime et que je les serve ! Ils ne m'ont pas asservi et je ne les ai pas reconnus.

Qu'a-t-on entendu d'eux depuis qu'ils sont au pouvoir ? Ou lu ? Des communiqués bavés, le cœur en écharpe, la bouche tordue d'une universelle menterie. Ou des livres obscènes de médiocrité, ou de servilité. Presque aussitôt, je compris qu'il allait en être ainsi. Je vitupérai, ricanai, vieil enfant terrible trop attentif aux signes des temps pour me taire. Je n'ai pas cessé de parler mais on ne m'a plus entendu. Et pour cause : le prétendu silence des intellectuels qui a occupé *le Monde* et le pauvre monde tout l'été 1983 n'était que le résultat de la mise en place insidieuse d'un totalitarisme sélectif, un totalitarisme de la peur, pour les empêcher de parler. Il est vrai qu'ils n'ont guère parlé pendant trois ans, et qu'ils ont passé avec le pouvoir un contrat de solidarité sur leur silence, les Foucault, les Morin, les Deleuze... Pas brillant, ça, pas brillant. Ce débat sur les intellectuels, j'en ris encore. C'était la gaffe à ne pas faire. L'aveu qu'on essayait de les priver de parole, en douce, sur fichier, en commençant par écrêter les têtes en usant d'un totalitarisme électif. Car ce sont celles des grands absents du gala de l'Opéra organisé pour la Pologne en 1981 qui ont été justement les quelques têtes coupées depuis 1981, bien rares dans l'uniformisation de la presse à oser penser différemment : Lévy, Kouchner et moi-même, éliminé du *Matin*, ou Bothorel finissant par donner sa démission à Perdriel. Glucksmann, qui n'a jamais eu son contrat renouvelé à *Libération* ; Ellenstein, réduit au silence par les communistes, ou Gabriel Matzneff, évacué du *Monde*. Comment se fait-il que Jean Baudrillard, l'un des rares novateurs des vingt dernières années, ait été contacté par *le Nouvel Observateur* pour y écrire des chroniques, et n'ait jamais pu ensuite s'y exprimer ? Comment se fait-il que l'expression du soutien critique ait disparu ? Par peur de l'intelligence, on l'a étouffée. Je me souviens de cet article de Thomas Ferenczi, concluant le débat du *Monde* : notre société n'a plus de place pour les prophètes. Merci Soljenitsyne. En a-t-elle jamais eu ? Ceux qui ne forcent pas les portes pour s'exprimer sont des faux prophètes. Les vrais, personne n'a jamais voulu d'eux.

Un bourgeois gentilhomme

Exil des écrivains, lecteurs inconnus, je m'exile au fond de vos cœurs. La France s'exile, le style s'exile. La vulgarité et la haine de la beauté sont la paille et le grain principal de ceux qui nous gouvernent ! Mais revenons à l'affaire Attali. Elle est intéressante. Chacun s'empressa de l'applaudir — dans notre société si nulle, si crasse, si corrompue intellectuellement, si servile qu'elle n'a plus d'autre critère de valeur pour juger d'une œuvre que sa puissance dans la hiérarchie des institutions de celui qui l'a signée. La presse, lancée, alla au fond naturellement, comme le chien va à la merde ! Avec un flair infaillible. En plus, gogo, tricheuse, infectement réactionnaire et tout et tout... Sans moi, c'eût été le triomphe, l'encensement universel ! L'Attali renifleur faisait don de sa personne au public. Toujours le coup du pétainisme ! Comme il se donnait sur toutes les antennes, ce petit escroc : « Je ne dors qu'une heure, le jour je me donne au Président, la nuit je me donne à la philosophie », pérorait-il en faisant don de sa mystification à la France...

Pensez-vous qu'il présenta sa démission à Mitterrand ? Sûrement pas ! Rien de stupéfiant quand on connaît ces gens-là. L'idée n'en serait même pas venue à la cervelle d'Attali — et, d'ailleurs, Tonton lui aurait sûrement répondu : Moi aussi, cher petit, je suis un mystificateur, en lui caressant amoureusement sa chevelure huileuse et noire. Et savez-vous qu'après avoir recopié les extraits de Jünger il ne songea pas un seul instant à me rendre le livre ! Ou mon berceau d'enfant qu'il m'emprunta pour son fils Élie, et toute la layette que ma femme prêta à la sienne, les couches-culottes, la barboteuse. En plus il m'a barboté aussi le manuscrit original de l'un de mes romans, *Fin de siècle,* soi-disant pour se pencher graphologiquement sur mon génie d'écrivain — je ne l'ai pas revu non plus. Attali n'a pas démissionné — manque de classe. Attali a plagié — mais parce qu'il manquait de style. Soudain, je me laisse attendrir. Pourquoi l'ai-je frappé, lui, ce mélange de haut fonctionnaire désordre et de machine à photocopier, et pas les autres ? La sous-culture universitaire n'est pas non plus très nette, même au Collège de France, ou aux Hautes Études, tout cet austère fretin se pique et se repique de l'information, se traficote et se publie ses polycopiés d'élèves, sans citer ses sources. La règle sacro-sainte du travail universitaire sur la référence obligatoire, ça fait belle lurette qu'ils ne s'y sentent plus tenus. Le pas vu pas pris de la petite bourgeoisie est passé par là ! Ne pas confondre avec la littérature, à laquelle en cette hautaine leçon magistrale je tiens à rappeler que nous travaillons tous — je veux dire les très grands écrivains — sur la même tapisserie forcenée de Pénélope, faite le jour, défaite la nuit, fil à fil, Molière reprenant le fil de Plaute, Gadda le fil de Manzoni, ou Claudel le fil de Sophocle... Ce métier à tisser enchanté de la grande littérature, je le décrirai une autre fois. Comment ne pas excuser — du moins comprendre — le touchant recopiage d'Attali dont, à ses tortillements d'auriculaire et à ses mines de menteur navré, j'ai tout de suite compris à quel point d'avoir été découvert publiquement l'avait profondément humilié. On me raconta qu'il tripla cette semaine-là sa dose de coke. Je m'essuie rétrospectivement au coin de l'œil une larme de commisération. D'ailleurs, je me proposerai d'être son nègre pour la prochaine fois. La vraie question, comment pouvait-il faire autrement ? Ce pauvre maboul, ce frénétiqueur d'insignifiances conceptuelles, souffrait d'une telle dyslexie verbeuse et d'une telle transmutation de fausses vessies en lanternes d'épate bourgeoise qu'il fallait bien l'en guérir. Il aurait pu se faire revoir par l'éditeur au peigne fin, relire l'index, faire corriger sa grammaire torturée, décalaminer l'huile de vidange dans laquelle il trempe directement sa plume, que sais-je !... En notre monde de faux-semblants, j'ai déjà souligné comment la chirurgie esthétique travaille aussi à même la nature du savoir. Elle peut vous malaxer tout et réparer le plus hideux faciès d'intello en trois séances. Bonjour, au revoir, merci, regardez-moi ça dans la glace : de la bonne petite compilation universitaire, bien sérieuse, dûment annotée, mention passable... Que vogue la galère !

Là où il s'est planté, c'est en se servant, comme le Turlure de Claudel, d'une pince à sucre pour se curer les dents. Je m'explique : tout était parfaitement au point, une imposture de haut vol, médias prédigérés, lancement réussi d'avance cent un pour cent, en plus il avait judicieusement compris qu'entrer en politique c'était pour lui le seul moyen de compenser son infériorité intellectuelle. Ainsi ferait-il semblant de se hisser grâce aux avantages de sa position de premier intellectuel privé du prince, au niveau des Lévi-Strauss, Foucault et autres... Ce qu'il n'avait pas prévu, c'est que je le connaîtrais assez bien pour deviner la faille secrète de sa cuirasse, son talon d'Achille, et ce qui le rendait si effroyablement complexé :

son manque de style précisément. Il s'est planté là où cela ne lui servait à rien, ce pickpocket du métro, en empruntant des passages qui ne lui étaient d'aucune utilité scientifique ou universitaire. Pur acte gratuit, ce qui n'était pas coutume. Il a laissé l'argent, ce qu'il a pris et qu'il reluquait avidement, le cuir du portefeuille, le crocostyle, pour tout dire, le style ! Son péché d'orgueil de parvenu, vouloir saisir l'insaisissable, et l'insaisissable l'a saisi...

Bourgeois gentilhomme, faisant de la prose en feignant d'ignorer qu'elle n'était pas la sienne. Au fond de lui-même, il n'a cherché qu'une chose, le but ultime, inaccessible de sa vie, l'objet de sa jalousie métaphysique et de toutes ses frustrations sociales de petit-bourgeois : conquérir la légitimité en se greffant des échantillons de tissu cellulaire du grand style de la droite classique — Jünger, Dumezil, Gracq ou Jacob Burkhart. Comme il se faisait des soirées dans son appartement du XVIe, rue du Docteur-Blanche, du temps où il n'était encore que le conseiller du premier secrétaire, avec des mannequins loués pour la figuration, et qu'une fois même — le gentil garçon — il me les conduisit place des Vosges, se figurant d'une manière touchante que moi aussi je pourrais en avoir besoin pour épater la galerie... Comme il se maria au parc Montsouris, en une fastueuse cérémonie, à mettre en bonne place dans les annales du ridicule. Comme n'y tenant plus il se fit le maître de ballet pour huit milliards de centimes, notre Oronte, notre courtisan s'empatouillant dans ses révérences, ses léchages et ses jabots de dentelle, l'échec coûteux du sommet de Versailles en une somnifère féerie nocturne, les saxophonistes déguisés en tritons, barbotant dans le bassin de Neptune et les grandes eaux ouvertes à plein régime. Voler le pays, voler un livre, voler des phrases, c'est la même chose. Pris la main dans le sac,

Attali s'est tu, aggravant son cas, le prenant de haut tandis que je l'obligeais en distillant mes informations au compte-gouttes à faire dix-sept éditions précipitées de son malheureux ouvrage. Oui ! sur la malhonnêteté fondamentale de ces penseurs privés, j'insiste lourdement. Oui ! je dis qu'ils sont des intellectuels chauves-souris, ni oiseaux — puisque politiciens — ni souris — puisque intellectuels — et dont la médiocrité n'a qu'un seul rêve, tout vous prendre, vous laisser nu avec la peau et les os — tout en proposant des programmes mirobolants à une humanité prétendument souffrante. « Après la nuit, avec nous c'est la lumière », ergotaient-ils.

Toujours acharnés à profiter de la vie, les nouveaux grands de ce monde — le Glam, à cinq mille francs l'heure de vol pour les vacanciers en Guadeloupe, en Corse, les week-ends fastueux, les déjeuners de trois cents couverts au château de Breteuil pour rien, ou chez la mère Poulard au Mont-Saint-Michel en laissant la facture impayée, les fusils de luxe, le faste inutile d'un château l'autre, avec les nouveaux dirigeants de Boussac, mis en place par Boublil, responsable aux entreprises de l'Élysée et factotum d'Attali, l'argent qui vole par les fenêtres, les fêtes à n'en plus finir en pleine période d'austérité — tandis que le Président détient entre ses doigts boudinés aux ongles sales leurs moyens d'existence, leurs décorations, leurs nominations, toute leur raison d'être. Des ambassades ou des postes bidons de conseillers culturels, jetés à ces sous-écrivains recuits après les avoir confisqués aux fonctionnaires des Affaires étrangères — des sinécures de hautes autorités de soliveaux, et des fêtes, toujours des fêtes, avec en point de mire le catéchisme poissard de la fête de 1789, le bicentenaire de la Révolution, sous la responsabilité revancharde du Manceron. Ce Gouthon paralytique sur sa chaise roulante, comme son illustre modèle, vous guillotinerait volontiers, hagiographe bonimenteur, répétiteur et poinçonneur culturel en chef de cette horde de mendiants haineux, vulgaires et repus. Ô infirme de la vérité ! Manceron, lève-toi et marche !

Monde des Grecs, monde tragique

Oui, d'un côté ces gens-là, sans foi ni loi, pour qui le service de l'État se résume en un seul mot, la confiscation ; de l'autre, les misérables auxquels on jette un idéal en pâture. Et sans cesse, le monde des Grecs, le monde tragique — le mien — souci de tous mes jours et de toutes mes nuits, mon monde. Parce que j'ai beau avoir été un enfant du sérail, ces gens-là n'ont jamais été de mon monde. Je l'ai toujours su, je l'ai toujours écrit, quand bien même ai-je tenu à porter au pouvoir leur maître. C'est justement une affaire de classe, et la Classe ne s'acquiert pas. Cette mystérieuse supériorité technique de la morale — c'est de faire modestement mais avec un orgueil inouï ce pour quoi l'on est fait, la compétence au sens fort, noble ! Or ces gens n'étaient faits ni pour le pouvoir ni pour la littérature. Je donne la parole au poète Francis Ponge, un autre ami de mon adolescence, à qui je reversais à vingt ans mon salaire des Éditions du Seuil... Écoutez-le, il parle mieux que je ne saurais jamais le faire : « La seule façon de vivre, c'est de s'enfoncer dans la technique. Lors de ma nomination au grade de commandeur de la Légion d'honneur, Defferre m'a reproché de l'avoir critiqué, lui et Mitterrand, je ne les avais pas critiqués, j'avais seulement dit qu'ils manquaient de classe pour gouverner. La classe, c'est la supériorité dans sa spécialité. La littérature, c'est la même chose, par définition la véritable littérature est faite par les gens de classe. » (Interview de *Libération*) Moi non plus je ne les critique pas : je les décris. Ils passeront et ils voudraient qu'on les remercie, donnant, donnant, je vous décore, vous me donnez en retour la légitimité qui vous manque. On ne remercie que les valets — terme pour désigner ceux que l'on congédie. Grâce à moi, la France remercie Mitterrand et ses moucheurs de chandelle...

C'est pour cela qu'ils me craignent tant, je les connais trop bien. D'abord ils sont vulgaires à la puissance mille. Vulgaires en gros et en détail, ce sont les bas morceaux de la République sur l'étal. Le beauf, Roger Hanin. Je les remercie encore : ils se dérobent derrière la responsabilité politique pour n'avoir pas à rendre compte de ce qui est inqualifiable dans l'ordre de la pensée. Forcément, puisqu'ils ont privatisé, à l'image de leur maître, la fonction. Et ils se sont rués pour en empocher aussitôt tous les bénéfices culturels, empocher, empocher... : rosettes de la Légion d'honneur et de Lyon, mérite culturel, éditions originales, berceaux, couches-culottes d'un effroyable mille-pattes de tessons retors, de pantins pervers — la Gouze-Rénal, la Roudy, la Marthe Mercadier, tous modèles de distinction dont on n'a pas idée. Devinez quel fut le premier film projeté pour le clan dans la moelleuse intimité du Tonton roi ? Le *Napoléon* d'Abel Gance, que Lang a laissé mourir de misère dans un hospice, tandis qu'il montait à Rome une fastueuse opération franco-américaine pour sa promotion ? Du Bresson, que Lang a forcé d'embaucher sa propre fille, présidente des jeunesses socialistes, dans le rôle principal de son dernier film, pour qu'il pût être financé, puis sélectionné à Cannes ? Que de sordides magouilles ! Quel aura été le nec plus ultra confidentiel du clan, le comble de son raffinement, lui qui a mis la culture au pinacle ? Je vous le donne en mille : ce film, *le Coup de Sirocco !* Qu'il les emporte tous...

En vérité cette société secrète n'est qu'une horrible petite bourgeoisie de province, mi-gendre de monsieur Poirier, mi-salon de coiffure de madame la sous-préfète. Avec ses cercles concentriques ! En être ou ne pas être ! Avec au centre de cet enfer de Dante du Grotesque, Tonton roi ! Ce qui les rassemble tous, et qu'ils ont en commun au suprême degré : la haine du peuple et la jalousie sociale. Écoutons les singer l'aristocratie : « Dites bien que mon mari est un aristocrate de la culture », glapit Monique Lang, la buse. Elle parle des revanches qu'on va prendre. Elle ne connaît pas la nuance. « C'est nous qu'on est les princesses... » Une classe bâtarde et stérile, comme dirait Michelet, une bourgeoisie avortée...

Elle n'aurait qu'à me voir plus souvent, je lui donnerais des cours du soir. Je l'emmènerais danser sur les vieux parquets de Baraduc... Peine perdue, il n'y a rien à faire. Manque de classe et manque de style.

Tout se tient : manque de style et manque de classe ! Tous se tiennent entre eux. Écrivain raté, Attali ressemble aux autres et les autres se reconnaissent en lui, puisqu'ils lui ressemblent. On a beau entendre leurs feulements de haine les uns pour les autres, dans les couloirs de l'Élysée, ces chats, ils sont indissolublement liés par la même gouttière, la même ascension sociale forcenée et la même volonté de captation, de vol et de privatisation frauduleuse. À la gauche, pas même, à la fausse gauche des courtisans. Toute la création ! Annexée. C'est un terrain qui appartient à la gauche, celui de l'intelligence, de la création et de l'imagination, signé Jack Lang ! L'affaire Attali n'a d'intérêt que pour ce qu'elle illustre admirablement, en un situationnisme à l'envers, par détournement de la société du spectacle, la théorie de la vedette — mais revenant frapper en boomerang ceux qui l'ont confisquée à leur profit. Attali a au moins eu ce mérite de traduire à la première personne, jusqu'au paroxysme, la boursouflure suprême, ce que sont tous les autres. Le langage secret de son index ne saurait nous surprendre non plus : il est bien connu qu'à chaque fois que quelqu'un est surpris à faire des erreurs de comptabilité, ces erreurs se font en faveur de celui qui les a faites. Comment savoir ! Escroquerie intellectuelle, escroquerie généralisée. Où ces gens mettent-ils l'argent des fonds secrets ? Moi, je vais vous le dire, ils le mettent à gauche.

L'escroquerie culturelle renvoie obligatoirement à l'escroquerie tout court, et au citoyen que l'on escroque. C'est mieux qu'une faillite, tout ce qui peut être piqué l'est, c'est la grande rafle du Vel' d'hiv'... Quant à l'affaire Attali elle-même, elle est retombée. Comme toutes les autres ! Le Coral et j'en passe ! Tout s'est dégonflé, comme d'habitude, oublié, oublié... un gros Rototo, lâches soupirs de soulagement. On ne parle plus de rien. Tournez la page...

Un népotisme à la roumaine

Le népotisme, c'est la maladie sénile du mitterrandisme. Quand Tonton n'est pas l'oncle, il est le parrain, le père, le frère, le cousin, l'amant ou le cocu magnifique de son entourage. L'Élysée, c'est un arbre généalogique dont les ramifications s'étendent au gouvernement et aux cabinets ministériels en passant par les préfectures et ambassades. Le socialisme, une agence de placement familial ! Selon

Balzac, le népotisme est « ... une tyrannie invisible, insaisissable, qui a pour auxiliaire des raisons puissantes, le désir d'être au milieu de sa famille, de surveiller ses propriétés, l'appui mutuel qu'on se prête (les garanties que trouve l'administration en voyant son agent sous les yeux de ses concitoyens et de ses proches...) ».

Le népotisme, c'est la structure intime de la société secrète. Il est ce qui fait que la Nation a cessé d'être démocratique. Il interdit aux uns de s'élever — ceux qui ne sont pas de la famille —, et il permet aux autres de tenir les leviers de commande — *l'un portant l'autre,* comme dit Vialatte. Lévi-Strauss vous dirait que c'est de l'endogamie, la manière dont les tribus indiennes sont presque toutes mortes de consanguinité, les règles de l'échange ne fonctionnent plus... Le népotisme, c'est l'ultime régression. Il ne reste plus aux Tontonologues — comme il y a les Kremlinologues, et les criminologues, ce qui revient au même — que l'interprétation des fumées du grand Sachem dans la tribu... Comment l'homme de gauche, le simple militant, ou l'électeur ne se sentiraient-ils pas exclus de cette monstrueuse confiscation de l'État par une famille obscure de nantis immobiliers, avec ses prête-noms, sa culture de pierre, ses fêtes cachées, ses droits d'aînesse, ses plats de lentilles avariées et ses « nous qu'on est les princesses » et sa plus grosse part du gâteau ?

Ce népotisme, il fonctionne littéralement à la roumaine. Ces éloges qu'adressent à un Mitterrand ses écrivains courtisans ressemblent à s'y méprendre à ceux que reçoit le camarade président Ceaucescu de la part de ses scribes. Jugez-en.

« Un délire errant, une matière et une lumière errantes, mille milliards d'étoiles errantes. Et que disent toutes les étoiles muettes à la Nation, errante ? »

La réponse est évidente, elles lui disent de célébrer le culte du camarade Ceaucescu ! C'est du célèbre Ion Brad, dans *Scanteai*, le journal officiel du régime, le 30 mars 1980 — non, c'est du Alain Jouffroy, dans *le Matin* — le fameux poème : le mythe errant de la France et d'ailleurs. La confusion est excusable, à en consulter ce qu'a réellement écrit Ion Brad sur Ceaucescu.

« Regardez les astres de l'immense voûte noire. Écoutez les murmures des eaux profondes. Tout l'univers chante : tu es notre gloire, notre éternelle gloire jusqu'à la fin du monde ! »

Quant à François-Régis Bastide, avec ses plantations d'arbres, c'est le sosie pommadeur de Radu Manescu, qui écrivait :

« Il est l'étoile du matin et du soir (un peu de Jouffroy). Il est celui qui remet en terre les arbres de la vie. La terre vit sous le signe de Ceaucescu. »

Il est aussi à remarquer que :

« Ceaucescu est une icône qui nous berce dès le berceau », tranche madame Georhuiou, tandis qu'Edmonde Charles-Roux hésite encore sur l'artiste pour peindre l'inénarrable Mitterrand ?

« Il serait temps que les peintres de talent — je pense, entre autres, à Balthus, à Francis Bacon, à Cremonini — prennent la relève. »

Que ne m'a-t-elle cité ? Enfin Jean-Edern vint. Certes il n'est pas conseiller culturel à l'Élysée, c'est Régis Debray qui y officie, nouvelle similitude ! Comme pour le favori de madame Ceaucescu, lui aussi conseiller culturel, mais à Bucarest, Debray, dont on affirme qu'il est aussi l'un des favoris de madame Mitterrand, n'y va pas du dos de la cuillère :

« La force paradoxale de Mitterrand est d'être resté

fidèle à la tradition de Numa, le second souverain de Rome... Romulus, le terrible, le violent, l'impérial, Numa, le serein, l'exact, le réglé. »

Ce à quoi répond très exactement le commensal roumain :

« La force tranquille (tiens !) de Ceaucescu, il l'a héritée de la Rome antique. » *(Scanteai)*

On ne peut faire mieux. Pauvre France, dégringolée dans les stéréotypes de la louange et la vassalité familiale. Comme en Roumanie, le parti communiste s'en offusque secrètement, tandis que le parti socialiste français ne s'en indigne pas. Que ce soit à Bucarest, ou à Paris, le parti dans sa majorité n'approuve même pas, mais n'a pas de politique de rechange.

À moins que le parti socialiste n'existe pas ? Les journalistes non plus ? Comment les journalistes du *Tapin de Marie*, de *Libé*, du *Monde*, aux salaires étriqués et aux fins de mois difficiles, peuvent-ils accepter de leur servir la soupe pour rien — sauf à ce qu'on leur jette quelques os, comme de les convier, de temps à autre, à les voir faire la roue, ces paons, ces aréopages irresponsables, scotomisant le réel, passant le plus clair de leur temps à s'auto-inaugurer, à s'autocélébrer, à exhiber leur narcissisme, et ne cessant de faire don de leur personne en exemple pour compenser les déceptions que leur inflige la réalité. La seule récompense des autres, ces voyages organisés pour les journalistes, la frustration maximale ! Parce que ces derniers ont tout juste le droit de vivre par procuration et voyeurisme interposé, les grands airs de la famille, de la cour et de la suite présidentielle — le fameux esprit de suite de Mitterrand...

Il est vrai qu'assoiffés de respectabilité, ils sont comblés du peu qu'on leur donne, tandis qu'ils savent que s'ils parlent — je veux dire, s'ils font honnêtement leur travail — on ne les réinvitera plus. Double frustration, puisque à la première s'ajoute l'interdiction d'en dire trop. Pitoyables animaux domestiques, journalistes privatisés. C'est la Nation tout entière que l'on prive de ce qu'elle est en droit de savoir. Il lui est même interdit de se souvenir de la fermentation d'idées depuis mai 1968 qui a porté les autres au pouvoir, de l'alternative culturelle de la CFDT, de l'autogestion, de la convivialité, de l'élargissement des espaces de liberté, du recours à la base dans les assemblées générales. Toutes ces utopies avaient beau n'être que des utopies, au moins réchauffaient-elles, c'étaient les feux de camp de nos veillées de scouts. Aux cendres proches de la gauche, nos doigts se glacent... Ce n'est pas moi mais Edmond Maire ou Jean-Pierre Chevènement qui se plaignaient, deux ans après, de la stérilisation du socialisme par le socialisme (Jean-Marie Domenach). Pire ! Au lieu d'une bonne grosse social-démocratie conforme à la grisaille du temps et à la médiocrité française entre Vienne et finlandisation, Kremlin-sur-Bicêtre, Palavas-sur-Flots, une nouvelle médiocrité dorée à construire, nous avons assisté, impuissants après le rejet de la gauche utopique et généreuse, à la mise en place d'une tontologie de la perception toute mitterandouteuse, d'une société bloquée, clanique, en tyrannie invisible des caleçonneux de la société secrète. Incapables d'imaginer la gauche, comme ils sont incapables de réinventer le capitalisme, leurs ennemis ne leur sont même pas reconnaissants de s'être rapprochés d'eux, tandis qu'ils ont perdu leurs amis d'hier — pour avoir piqué puis revendiqué, afin de prendre le pouvoir, la paternité des idées qu'ils étaient bien incapables d'avoir. Ô pères stériles ! Ô enfants abandonnés ! L'assistance publique n'est plus qu'une immense nursery de gauche, aux bébés bâillonnés...

Un repaire d'escarpes minables

Dieu que je me suis amusé cet hiver ! Pour ma famille, ce fut moins drôle. Les corbillards épinglés sur ma porte, ou les menaces téléphoniques anonymes enregistrées à partir de cabines mirent ses nerfs à rude épreuve. Elle m'abandonna même pendant un mois, n'ayant pu obtenir la protection policière que je réclamais au préfet de Paris : on n'est jamais si bien que dans la gueule du loup.

La nuit, j'embauchais des hommes armés, se relayant, dans mon salon, pour guetter derrière mes hautes fenêtres. Le jour venu, ils m'accompagnaient discrètement dans tous mes rendez-vous. Me suis-je inquiété pour rien ? Comment savoir ? Il ne faut pas jamais tenter le Diable. Il y a toujours lieu de craindre les sicaires de bonne volonté, qui, pour se faire bien voir, devancent les ordres qu'ils n'ont pas encore reçus et qu'évidemment personne ne leur a donnés. J'aurais pu me planter contre un arbre à trois heures du matin, bourré de vodka polonaise. À la spéciale Jaruzelski ! La fin tragique des dandys, Nimier, Huguenin, qui en aurait été surpris ? Dans le lit d'une mineure, la poche bourrée de cocaïne, de quoi aurais-je eu l'air ? Rossé à mort par un mari jaloux, qui m'aurait plaint ? L'ingéniosité policière est sans limites — pour peu qu'on la mette en branle. Pourtant je n'irai pas jusqu'à affirmer que les conseils restreints de l'Élysée aient envisagé, entre autres solutions, les plus extrêmes. À force d'être averti des risques physiques que j'encourais, je finissais par y croire. L'Élysée m'envoya le capitaine Paul Barril, qui n'y alla pas par quatre chemins. Ou bien l'on me retrouvait par trois mille mètres de fond, dans un bac de ciment, en plein triangle des Bermudes, ou bien j'acceptais la villa Médicis, plus un fort dédommagement. Dans la première hypothèse, ma famille aurait reçu une lettre où je l'informais de ma décision de changer de nom, de vie, et de continent — et je passais pour assez fantasque pour qu'on ne crût pas aussitôt à un coup de pub. Ceci prouve à quel point le langage politicien s'est détérioré : il est incapable de discuter à armes égales avec un homme intelligent. On préfère envoyer un spécialiste de la lutte antiterroriste — James Bond contre Homère ! Bref, on m'obligea à négocier avec le pouvoir.

Il perdait les pédales, tirant à vue, mais contre ses propres hommes. C'est ainsi qu'on m'attribua aussi la destitution du chef de la Criminelle, le commissaire Genthial. Ce n'était qu'en partie vrai. Pas parce qu'il m'aurait informé que j'allais être mis sous écoutes téléphoniques, comme la presse l'a prétendu. À cause du *deal* que je fis avec lui à mon retour d'une fugue que je fis en Suisse, après m'être vanté d'avoir été l'instigateur de l'attentat contre Régis Debray. Sur le moment, j'avais envie d'aller en prison. Peu de chances qu'on m'accordât cette faveur ! Le pouvoir est naturellement disgracieux. Il ne songe qu'à vous embêter. Vous voulez aller en prison ? Il vous refuse cette faveur. Vous ne voulez pas ? Il vous y jette. Sa marotte : vous humilier, vous avilir, vous ramener par tous les moyens au grotesque alluviant primitif, à l'huître enfermée dans sa coquille, lourdée au fond de sa vase avec le peuple des mollusques.

La prison, peine perdue de la réclamer ! « Il faut emprisonner Voltaire », avais-je déjà déclaré à l'émission *Apostrophes* en me vantant d'avoir fait sauter trois étages de l'immeuble où habitait Régis Debray. « Je suis un terroriste », déclarai-je. Non ! C'était de l'autodéfense. Qu'on n'aille pas me dire que j'aurais pu tuer une femme ou un enfant : je luttais contre la calomnie et réussis, de fait, à la faire taire par cet acte symbolique. Avec des gangsters, comment ne pas agir soi-même en gangster ? Certes, à la télévision, devant un Pivot mal à l'aise, inquiet, j'aurais dû ajouter, phrase suspendue, puisque tel est le sens profond de ma métaphore : « Je suis un terroriste, nous sommes tous des terroristes sans le savoir — de nous-mêmes », comme je me faisais violence à moi-même pour accomplir cet acte de terreur.

Terroriste de notre vie intime, de l'amour, de l'amitié, de nos petites abjections quotidiennes, terroristes du glauque, de l'opaque, terroriste de la société secrète où nous sommes tous engloutis, à cent mille pieds, encoquillés sous la surface des transparences voulues par le contrat social de la Démocratie, de la liberté, de la fraternité, de l'égalité des chances, et de la famille. La vie n'est qu'une longue et inoubliable terreur...

En vérité je vous le dis, la terreur est en chacun de nous, blottie au fond de notre cœur. C'est une technique du Gouvernement, — et un calcul des médias. Secréter la peur, pour gouverner et pour vendre du papier. En face de l'invisible terreur d'État, on ne peut pas ne pas être terroriste. À la violence sournoise, faussement bonasse de la société secrète, j'oppose la puissance de la littérature, et à la violence muette du monde, la violence de la pensée pour la désarmer. La peur, c'est le vaccin contre la pensée. Quand on a peur, on ne réfléchit plus. Réflexe inconditionnel de la peur : l'animalisation à court terme. Pas étonnant que, lorsque je mis un bandeau noir, peu avant Noël 1983, pour aller réclamer ma facture de mercenaire idéologique faubourg Saint-Honoré, les Élyséens eussent pris eux aussi peur. Comme ils tremblaient devant un homme seul ! Vous les auriez vus comme je les ai vus, soixante policiers en civil, en uniforme, plus trois cars remplis de gardes mobiles armés jusqu'aux dents, plus les gardes républicains, les huissiers affolés, vous auriez compris à quel point j'étais fort et combien la liberté avait baissé depuis trois ans dans la Nation — c'est-à-dire depuis l'arrivée au pouvoir des défenseurs officiels de la liberté.

Aveugle, et voyant, soudain, à ce déploiement de forces ridicules — à la tête duquel se trouvait le commissaire Leclaire pour m'interdire l'accès au faubourg Saint-Honoré —, je compris que je n'étais pas seul, mais innombrable.

Innombrable, tel est mon nom puisque je suis légion : j'étais la France profonde, le pays réel, j'agissais en son nom. Homère contre Ubu roi barricadé derrière les portes de sa peur. Je venais faire la grève de la vue. Cachez-moi cet Élysée que je ne saurais voir, ce repaire d'escarpes grisâtres et ce harem minable, où chaque fauteuil sent le sperme refroidi, cet atelier de faussaires, de prévaricateurs, de maîtres chanteurs, de maquereaux des droits de l'homme et de manipulateurs de caisses noires ! Ce temple de courtisans, de détrousseurs de pauvres : de cocaïnomanes aux nez pendouillants. Ce Versailles Louis-Philippard, revu pour les noces et les banquets de quelques bonimenteurs obséquieux ! Déménagez, ordures, la fête est finie. J'étais venu vous défier avant de vous abattre. Ce bandeau noir m'avait ouvert les yeux.

Peur justifiée, puisque j'étais leur conscience. Ils avaient compris. Ils savaient, dans leurs officines douteuses, que « tout homme qui a choisi la violence comme moyen doit inexorablement choisir le mensonge comme règle » (Soljenitsyne, *Discours de Stockholm,* 1970). Et il ajoutait : « Elle ne tranche pas toujours, pas forcément, les gorges ; le plus souvent, elle exige seulement un acte d'allégeance au mensonge, une complicité. Et le simple acte de courage d'un homme simple est de refuser le mensonge. Que le monde s'y adonne, qu'il en fasse même sa loi — mais sans moi. »

Un acte manqué

Hélas, Mitterrand ne m'a pas fait tuer. À sa place, je n'aurais pas hésité. On dira qu'il m'a épargné par humanisme. Ou sans un maigre reste de tendresse ? Non, par bêtise ! En février 1984, il n'y avait pas de manuscrit. Il n'y aurait jamais eu qu'un fait divers. Chacun tuant ce qu'il aime, le drame de Mitterrand, qui l'a rendu impuissant contre moi, c'est finalement de s'être progressivement dépris de ma personne.

Jugez-en. Comme pour toute intelligence inférieure, il ne m'appréciait que par comparaison. Après avoir été successivement Hugo, Chateaubriand, il m'arracha un à un les galons du dithyrambe superlatif. Selon ses propres termes, je devins le « Maurice Sachs glacé des années 80 ». Pourquoi glacé ? Sans doute parce qu'il était lui-même glacé de peur. Au plus fort de la période de pressions, en janvier 1984, il intima rageusement à François de Gros Sous, avec qui j'étais resté en bons termes, l'ordre de ne plus me revoir. Le commandant Prouteau me raconta même que, dans la CX présidentielle qui le ramenait rue de Bièvre, il me décerna le titre de « voyou ». Là aussi il aurait mieux fait de s'imprégner du fameux discours de Stockholm de Soljenitsyne. Ce dernier rapporte fort à propos que le régime soviétique traitait aussi de « voyou politique anarchisant » le grand poète Maïakovski *(les Droits de l'écrivain),* dont il fut le premier hérault. Comme je le fus moi-même, le soir de son élection, au siège du parti socialiste, rue de Solferino, ma voiture couverte de roses. Pardon, de fleurs du bien !

Puisque désormais l'État voyou me traitait de voyou, c'est que je devenais un interlocuteur valable : il devait bien se trouver un terrain d'entente entre voyous.

Si Mitterrand ne poussa pas au crime, Genthial commit pourtant un crime à ses yeux, qu'il ne comprit que longtemps après, celui de me sauver la vie. S'il ne m'avait libéré après une nuit passée à la Conciergerie, j'aurais été abattu. Jamais mes ravisseurs ne m'auraient pardonné ce qu'ils auraient pris pour une trahison de ma parole donnée de ne jamais livrer leur nom. Tel fut le *deal.*

Au petit matin, on m'avait ramené dans le bureau de Genthial. Il tenait en main le procès-verbal de mes aveux détaillés. En plus, il connaissait presque le nom du chef de mes ravisseurs. Il scruta mon visage défait, pas rasé — « Vous avez l'air fatigué », me dit-il. Entre les mots, nous nous étions compris. Il n'avait pas plus intérêt à me laisser en prison que moi d'y rester. Comme tous les très grands policiers, il savait faire au plus haut point la part entre la *Doxa,* l'opinion publique, selon la distinction platonicienne — et l'*Alêthéia,* la vérité. J'avais plus à craindre de mon ravisseur que de ce Porphyre, le commissaire de *Crime et Châtiment,* de Dostoïevski. Sauf que, jouant le rôle de Raskolnikov, mon châtiment commencerait si j'avouais le crime des autres. Ce vers quoi Genthial me poussait insidieusement : « Nous savons qui ils sont, mais nous n'avons jamais réussi à mettre la main dessus », me dit-il. Accepterais-je de lui présenter mon ravisseur, en échange de quoi il déchirerait mon procès-verbal. Tel était l'arrangement — le *deal.*

L'un et l'autre, nous avions tout à y gagner ; j'avais une

chance de sauver ma peau, à condition d'avertir mon partenaire de l'ombre, tandis que ce fin limier pouvait espérer aller jusqu'au bout de sa piste. Peut-on lui reprocher de n'avoir pas été un bon flic ? Il l'a été au plus haut point, avec une intelligence aiguë du compromis. Évidemment, je prenais d'autres risques — notamment celui de donner réellement mon ravisseur. N'ayant pas le choix, j'accentuai le marché. J'hésitai, puis le regardai au fond des yeux.

— On n'emprisonne pas Jean Valjean, lui dis-je.

Du coup, mon inconnu trop connu redevenait un personnage imaginaire, le héros d'un de mes romans — sauf pour nous deux qui savions à quoi nous en tenir. Genthial me rendit mes aveux, je les froissais, avant d'y mettre le feu dans le cendrier. Vérité, pauvre vérité, petite torche enflammée, avant de s'engloutir dans les ténèbres, bientôt elle ne fut plus qu'une boulette chiffonnée, noircie de carbone fin. Que d'affaires à jamais incinérées ainsi ! La véritable histoire de l'humanité, un tas de cendres refroidies ! De mon côté, je devais rappeler Genthial toutes les semaines pour le tenir au courant. Plus de nouvelles de mon ravisseur, parti aux Amériques, il ne rentra en France que huit mois plus tard. Quand je lui proposai l'entrevue, il la refusa tout net avec ces mots : « Un flic est toujours un flic. » Genthial savait tout. Il avait dû me faire filer. Ennuyé, je tardai à le rappeler. Quand je m'y décidai, il anticipa, ironique : « Alors on se balade avec son ravisseur, sans me le dire ? » Bref, nous étions tous entre ses mains. Je ne pus faire autrement que de l'informer de ce refus, mon ravisseur allait-il se faire arrêter ? Il n'avait plus que le choix entre devenir une terreur publique ou s'assagir définitivement. Le côté méchamment rimbaldien de ma nature, je l'appliquai à la lettre : « Changer la vie ! » s'écriait l'enfant de Charleroi. Mon ravisseur dut changer *sa* vie. Au fond ce fut un bon arrangement. Sauf pour Mitterrand. Un véritable terroriste s'effaça, mais pour céder le pas à un autre, autrement plus dangereux : l'écrivain rendu à lui-même, un terroriste de la vérité. Depuis, il n'a cessé de mener sa danse du scalp. Comme répondait toujours Mitterrand, décidément intarissable à mon sujet, quand on lui demanda si j'étais un homme politique : « Rimbaud n'avait pas la prétention d'écrire *le Capital* quand il écrivait : "... des Peaux-Rouges criards nous avaient pris pour cibles..." » (*le Nouvel Observateur,* octobre 1974)

Qu'il soit devenu ma cible, qu'y puis-je ? Qui se porterait volontaire à ma place ? Je cherche un homme et ne le trouve pas, craignant bien d'être cet homme pareil à Socrate, qui se désignait lui-même comme le dernier homme politique d'Athènes. N'y a-t-il plus d'hommes politiques à Paris ? Plus d'intellectuels ? Dans le silence des intellectuels, il fallait au moins qu'une voix s'élève. Mon crime, celui qu'on ne m'a jamais pardonné, faire mon métier d'intellectuel au sens de témoin de son temps, et de journaliste dans la plus totale insubordination aux puissances occultes de la société secrète. Je n'avais pas le choix, sinon j'aurais perdu toute influence, je serais devenu un intello de news magazine, baisé, phagocyté. La fin des grands intellectuels, c'est justement que chacun devine confusément qu'ils ont cessé d'être respectables, c'est-à-dire socratiques — prêts à servir de bouc émissaire et à avaler la ciguë. Moi, j'ai fait le saut des générations. La jeunesse qui m'aime, ne prend au sérieux que ceux qui s'exposent, quitte à recevoir des coups ou des épluchures.

Ça n'a aucune importance.

Messieurs les Anglais, tirez les premiers ! Ces Élyséens ont tiré, mais pour abattre leurs propres hommes, le chef de la Criminelle, Genthial, et le capitaine Paul Barril. Ils croyaient m'atteindre, mais ils voulaient surtout me rendre service, m'offrir sur un plateau d'argent le plus formidable lancement de livre de ma carrière. L'état voyou s'est emmêlé les pattes sans m'empêcher de publier, pourtant j'avais tout fait pour lui faciliter les choses. Hélas, ça n'a pas marché. Quand je me retrouvai libre, grâce à Genthial, sur le pavé de Paris, je m'échappais à la fois de deux prisons, évadé qu'aucune police ne voudra reprendre ; celle où m'avait enfermé l'écriture de mon précédent roman, *l'Enlèvement,* et celle où j'aurais dû normalement croupir pour de longs mois...

Les oreilles et la queueue

Tôt ou tard, je savais que je reverrais Mitterrand. L'audience publique que je sollicitai pour dissiper, ou non, le malentendu entre nous, il ne me l'accorda jamais. Nouvelle erreur de sa part. Que risquait-il, puisqu'il recevait aussi ses ennemis politiques ? Plus redoutable qu'eux, je devais lui paraître l'ami dangereux par excellence. Longtemps après, quand il revint à la charge, cette audience se changera en rencontre secrète de la dernière chance, plus conforme à sa nature. J'en conserve précieusement la narration pour le dernier chapitre. Chronologie oblige...

Bien sûr, il me traitera de mystificateur. Ce ne sera pas la première fois. Jugez-en par ce qu'il écrivait déjà en 1974 : « Jean-Edern Hallier me prend pour un Ledru-Rollin plus usé que l'original. Quant aux conversations qu'il rapporte, mes amis n'y retrouveront pas mon langage, pour la bonne raison qu'il me prête les propos qu'il a tenus lui-même, et dont je lui laisse la responsabilité. Sous sa plume se dessine de moi un portrait un peu ridicule que j'ai, bien entendu, tendance à croire inexact. Il m'a semblé que c'était pour lui une façon de se faire pardonner par ses amis ses mauvaises fréquentations. » (*le Nouvel Observateur,* octobre 1974) L'homme est infréquentable, je ne lui fais pas dire. Mais l'on est en droit de se demander comment le politicien avisé et prudent a pu fréquenter lui-même si longtemps un homme qui, de notoriété publique, disait n'importe quoi — et comment il a pu se laisser aller à rencontrer ce dangereux mystificateur une bonne centaine de fois, l'inviter en week-end à Latché, le faire dîner rue de Bièvre, ou se montrer avec lui chez *Lipp* ou à la *Closerie des Lilas,* ou dans mon château de Bretagne. Mon vieux paysan, Gestin, me souffla à l'oreille, après sa visite, comme d'un cheval fourbe : « Fais attention, il n'est pas franc du collier. »

J'aurais mieux fait d'écouter Viansson-Ponté, ce fin analyste politique, qu'une maladie mortelle prématurée empêcha d'occuper la direction du *Monde* : « La prudence commande de l'abattre avant qu'il ne soit trop tard », écrivait-il *(Après de Gaulle, qui ?).* Humainement, je me suis toujours méfié de lui. On a toujours tort de ne pas se relire soi-même, pour se retremper à la force de vérité qui nous possède à notre insu : « Inquiétant et conventionnel, terriblement habile et méchant, il me laisse une impression partagée, faite d'admiration pour l'énergie et la ruse du politicien et l'extrême réserve », notais-je en 1973 *(Chaque matin qui se lève est une leçon de courage).*

J'ai toujours été frappé de voir à quel point son arrivée à l'improviste dans une assemblée amicale y jetait un froid. La configuration particulière de sa petite salle à manger de la rue de Bièvre faisait qu'en arrivant par la cuisine il donnait toujours l'impression de sortir d'un placard. Ô le florentin ! Ô le Lorenzino de Médicis, revu par Faizant ! Toutes les conversations s'arrêtaient quand il se mettait à table. Viansson-Ponté écrivait mieux que je ne saurais le faire : « Ses auditeurs ressentent parfois une sorte de malaise. Je reviens à cette question qui me hante : "Pourquoi ce halo de gêne autour de nous ?" » *(Lettre ouverte aux hommes politiques)*

Pourquoi un embarras ? Pourquoi ? Je ne cessais de m'interroger, en attendant de revoir le Président, je me souvenais de nos conversations de jadis. À quand remontaient-elles ? Comme le temps passe. La première doit dater de 1971. Déjà Zelig, il s'était habillé en robe noire d'avocat pour venir assister au procès du journal que je dirigeais à l'époque, *l'Idiot international.* Toujours, je me souviendrai de ce spécialiste du cœur, au visage replet à la Tino Rossi, fixant d'un œil velouté, racoleur, madame Rozès, présidente du tribunal. Il venait de faire don de sa personne aux gauchistes, trois ans après avoir tenté en vain, en mai 68, de se donner déjà à eux. En plus il se donnait à moi, le premier jour. Je l'évitai. La politesse voulut qu'au deuxième il me crocheta la main de sa pince huileuse. Ce contact charnel m'emplit d'un vague malaise. J'ai toujours voulu le dissiper intellectuellement, je n'y suis jamais parvenu. Cette gêne insidieuse flottait, elle l'accompagnait partout où je le rencontrais. Il nimbait dans un gros miasme humide que les chaleurs de l'été rendaient accablant ; un certain 15 juin, il faisait torride, nous déjeunâmes à la *Closerie des Lilas.* Était-ce la raison pour laquelle il faisait attendre les filles de bonne famille dans une petite Fiat blanche surchauffée pendant quatre heures jusqu'à ce que je vinsse les en délivrer ? Était-ce la mère de

Mazarine, neuf mois avant la naissance de l'enfant ? La faisait-il couver ?

— Surtout, ne croyez pas *queue,* se justifiait déjà Tonton.

Le Q prolongé, le E interminable ! Eueuh ! Une manière bien à lui d'insister sur la cheville syntaxique, pour masquer son irritation.

— *Queue...*

Les oreilles et la queue !

J'aurais mieux fait de prendre garde à cet avertissement du destin. Quand je revins à ma voiture, une sublime Ferrari gris métallisé, j'ôtai de mon essuie-glace cette contravention ainsi libellée curieusement : « Stationnement non toléré, danger certain pour les personnes aveugles. » Qui était l'aveugle de qui, lors de notre dernier repas ?

— Je savais *queue* nos chemins devaient se croiser un jour, me disait l'autre zigue, en papillotant des yeux, le visage rieur et glacé. Vous finirez par reconnaître mon intégrité morale. Surtout ne croyez pas *queue...*

Queue de cerise à l'heure du dessert, queue de limace pour les petits coins. Queueueueueueh. Ah ! comme elle m'avait frappé déjà, ce jour-là, sa diction de conjonction... de subornation — *queue...*

— Qu'est-ce que tu fous avec lui ? devait m'aborder ensuite, sévère, le troskiste Weber, qui nous avait vus. Il veut que tu écrives sur lui.

Voilà qui est fait.

Que foutais-je avec lui ? Je me le demande. Nous parlions maternité. Je lui conseillais déjà de se méfier des communistes : « Ils vont vous faire un enfant dans le dos », lui dis-je.

— Vous croyez *queue...* »

L'enfant, il était déjà en train de se faire dans la Fiat. Où partiraient-ils abriter leurs amours ?

À la *Queue*-lès-Yvelines ou dans le Val-de-Marne, à la *Queue*-en-Brie ? Ou plutôt du côté de la vallée de Chevreuse pour reluquer le château de Souzy-la-Briche, que Mitterrand rêvait déjà de transformer en logement de fonction ? Comme après la guerre il s'était emparé déjà de son appartement de la rue Guynemer, soi-disant pour le sauver, le confiant à l'usage d'une association de femmes résistantes qui s'étaient adressées à lui pour qu'il les aidât. Pour en savoir plus, interrogez donc Marie-Madeleine Fourcade ou Geneviève de Gaulle... Il s'est bien aidé lui-même, le coucou, l'oiseau dont la spécialité est de voler le nid des autres. Tout s'explique, c'est en coucou qu'il partage avec ce charmant, quoique odieux, spécimen ornithologique commun son goût immodéré pour les arbres et les forêts. Au reste, ce jour-là, je me foutais du petit coin sylvestre où il allait lutiner. Je ne suis pas indiscret : quand un homme affiche ses liaisons pour se mettre en valeur, c'est qu'il veut qu'on en parle. D'ailleurs de quoi parlions-nous le plus souvent, la magouille politicienne m'assommant : de femmes et de littérature. Toujours est-il qu'en ce printemps 1984 j'attendais sans impatience de revoir un Mitterrand. Mais il allait de soi que le piège de mon livre finirait par se refermer sur une ultime rencontre. Puisqu'il en avait déjà lu une bonne partie grâce aux écoutes, peut-être me suggérerait-il quelques déplacements de virgules, une légère correction dans la concordance des temps. Comme d'une chevelure, il m'aiderait à peigner mon manuscrit, terme technique pour désigner l'ultime travail de finition. Allait-il même me proposer d'écrire un nouvel article dans *le Nouvel Observateur* ?

Braguette à un franc

Parce que je n'ai pas la nervosité de Jack Lang quand il espère dîner le dimanche soir avec lui. Il faut la découvrir notre langouse, en famille, telle qu'en elle-même : le peu d'éternité de ce fragile personnage le ravage. Avec Attali, celui qu'il chérit le plus de son entourage. Sinon, il ne vaudrait même pas qu'on l'évoque, mais il est utile à la compréhension profonde d'expliquer une fois de plus comment ce qui se ressemble s'assemble.

Pour éculé qu'il soit, ce proverbe nous ramène à des rapprochements vertigineux. Une analogie foudroyante entre la prononciation syntaxique d'un Mitterrand et le visage de Lang ne nous révèle-t-elle pas le cœur inconscient des choses ? Ou pour parler en langue socialiste, le pot aux roses. Pourquoi un Mitterrand aime-t-il un Lang ? Pour son arrogance servile ? Pour son effronterie à la fois affichée et lâche ? Non, il en est fou pour son visage fait de deux fesses écartées autour d'un nez en forme de *queue*. Il est ivre d'amour pour lui, ce crinophile, pour ses cheveux bouclés tout comme la base d'un membre viril. Une tête à *queue*. Chaque fois qu'un Mitterrand prononce *queue*, c'est à Lang qu'il pense. Lang, anagramme de gland ! Oh le gland baladeur s'irritant continuellement contre les parois d'une culture de gauche introuvable ! Il n'y comprend rien. Il est frivole sans être artiste, le peuple l'a reconnu, il ne lui a pas pardonné lors de sa dernière déculottée aux municipales.

On a tout dit sur ses bourdes, ses inconséquences, son narcissisme de chantage, puisque tout occupé à longueur de journée à s'auto-inaugurer, il n'a accepté de présider le centenaire du musée Grévin, dont il est le ministre de tutelle, qu'à une seule condition : d'y avoir aussi sa statue en cire. Jamais on n'a insisté sur la grandeur de son sacrifice, quand sa famille et lui perdaient leur journée du dimanche à piaffer d'impatience d'être invités à dîner rue de Bièvre. Un tel prurit ne m'aurait jamais démangé. Il m'était bien égal de ne pas l'avoir revu depuis plus de trois semaines — époque depuis laquelle Lang n'avait plus été réinvité. Tôt ou tard, je savais que ma rencontre aurait lieu. Pour Lang, c'était bien plus grave. Trois semaines. Était-ce la disgrâce ? Terrible vie d'attente. Formidable esclavage que celui d'un courtisan. Vous rendez-vous compte ! Après avoir fait la grasse matinée jusqu'à onze heures, son épouse et lui abrégeaient mystérieusement leurs conversations téléphoniques pendant le petit déjeuner. Que se passait-il ? La longue attente d'un appel de Tonton commençait. Le temps passait, une heure, deux heures, toujours rien, rivé à l'appareil, le couple s'interdisait de sortir de l'après-midi. Les filles n'avaient même plus le droit d'appeler leurs petits amis. Dring, dring... La buse se précipitait, décrochait, ce n'était toujours pas lui ! Dix-sept heures dix-sept ! Dring, dring ! La buse coupe énergiquement l'ami importun. Nous attendons un coup de fil important de l'étranger, lui dit-elle. Comme la France s'était rapetissée, l'étranger était à moins d'un kilomètre de leur appartement. Enfin, l'étranger appela après sept heures vingt-neuf de tortures. Tonton en personne les invitait à dîner. Ajoutant même, « si vous pensez *queue* la boulangerie est ouverte ».

Miracle ! Il voulait qu'on lui apporte une baguette pour jouer à faire comme chez soi. À la rustique ! Il n'y avait pas seulement l'invitation, mais le supplément d'âme et l'insigne faveur. La baguette magique de Tonton l'enchanteur. Il faut bien constater que, réintégré dans le cercle des familles féeriques, Lang marche à la baguette. Lang n'est pas près d'être détrôné dans son rôle de chef d'orchestre des menus plaisirs du prince. Il ne vaut pas cher, notre braguette à un franc ! Mais comme il était plaisant de le voir tordre de contentement sa bouche rouge comme une vulve aspirante et ses mains noire et rose se contorsionner vers cet avenir radieux.

— Monique, une baguette !

Dans moins d'une heure, ils boufferaient tous ensemble, les mangeurs de braguette de la rue de Bièvre. Au menu aussi, un bœuf mode, puisqu'en matière de culture, notre langouse, qui n'en a pas, se contente de suivre les modes. Ô langouse, ce patin mouillé !

Le salaire de la honte

Comme un Mitterrand ne supporte pas la renommée des autres, ni celle de ses amis, ni celle de ses ennemis, il a un goût prononcé pour la diffamation — qui vient du latin *fama*, renommée — n'ayant aucun humour, il peut toutefois être drôle dans la méchanceté. C'est un diffamateur-né. Les meilleurs moments de sa conversation sont ceux où, d'un trait, il décharge toute la haine qu'il porte à autrui. Après avoir parlé, attendant l'effet produit, ses narines palpitent, sa lippe se mouille, il a un geste brusque, une secousse réprimée du buste, en profondeur, tout en serrant sa main... comme s'il cherchait une natte de cheveux. Là aussi, on dirait qu'il jouit. Il n'est vraiment excellent que lorsque, révélant une méchanceté insoupçonnable de prime abord, il s'en prend à ses têtes de turc favorites, que je l'ai vu poignarder mentalement dans la nuque : Perdriel et Daniel (à la manière de l'éternelle animosité qui oppose le Vatican aux Jésuites, dont le directeur du *Matin* et du *Nouvel Observateur* remplissent le rôle), Mendès France, Rocard, Chevènement, Jobert et d'autres...

Rien de tel que la montée lente, chuchotée, puis irrépressible de la diffamation pour exciter sa concupiscence froidement voluptueuse : il s'est toujours plu à diffamer les gens en jouant admirablement en politique, tout en feignant de n'y être pour rien. Monstrueusement ambigu, il n'insiste pas, il sous-entend, il ne nous interdit pas de... Il a été de tous les coups douteux, les encourageant en douce. À lui tout seul, il est une officine de renseignements généraux et une machine à rumeurs malveillantes. Le douteux, c'est sa couleur de chemise, l'ombre de son col, le dedans de son poignet, son négligé à lui, sa rinçure intime, *motus proprio* : une propreté douteuse. Tous les moyens lui étaient bons pour arriver au pouvoir, avec une prédilection pour les moyens douteux. Se souvient-on de l'affaire Markovitch, qui éclaboussa vilainement la vie de madame Pompidou ? Déstabilisation par la calomnie ! Cette femme honnête et droite ne l'a pas oublié. Ses prétendues partouzes, du bidon, du vent. Calomniez, il en restera toujours quelque chose. L'honneur d'une femme, tu parles ! Nous savions qu'un Mitterrand haïssait les femmes. En sa véritable ascension, il interrogeait avidement un complice de la rue de Bièvre, qui avait monté l'affaire avec un imposteur yougoslave, il lui susurrait : « Salissez-moi cette femme, je veux de la boue, de la boue... »

Amalgame calomniateur ? Élevé à la bonne école d'un Mitterrand, ne m'a-t-il pas contaminé ? Ce qui est sûr, c'est que les conversations des milieux politiques touchent mille fois plus à la vie privée des gens qu'au sein des autres corporations sociales. Ils s'en délectent d'autant plus qu'ils en connaissent la puissance sombre et retenue sur l'opinion publique. Je me souviens d'avoir une fois pris un café chez Lipp avec un Mitterrand et un Dumas — lors de cette affaire Markovitch, qui faillit coûter à Pompidou sa candidature à l'élection présidentielle.

— Il faudrait *queue* les Français ne soient pas laissés dans l'ignorance de ces choses, si déplaisantes soient-elles. C'est une chance, Roland, que vous soyez tombé dans cette affaire, chuintait notre futur président, avec un sourire carnassier.

Ou bien quand mon avocat, maître Szpiner, vint lui rendre visite, après l'assassinat de De Broglie, pour l'inciter à lancer le parti socialiste dans des démarches qui aboutiraient à l'inculpation de Michel Poniatowski, ancien ministre de l'Intérieur, il commença par lui répondre :

— Ils sont capables de tout, mais Varga (que défendait Szpiner) n'est pas un bon cheval.

Tandis qu'il réfléchissait, son œil se mit à briller. À nouveau sa lippe devint luisante de salive jaune, et il se ravisa, répétant la phrase sacrée de la diffamation — l'appel à la transparence baveuse.

— Il faudrait *queue* les Français ne soient pas laissés dans l'ignorance de ces choses... laissa-t-il tomber.

Ainsi vais-je enfin en venir à l'une des histoires que l'Élysée craint le plus que je révèle. Celle d'un certain petit comité appelé Information et Vérité. Attali en a la paternité, il l'a conçu lui-même. Ce projet l'enthousiasmait. Il s'agissait de faire poser par des intellectuels et des journalistes de tout bord des questions délicates sur les chasses en Afrique, les amours et les diamants de Giscard. N'accusez pas, interrogez ! Attali me flanque deux socialistes pour m'épauler. Éric Arnoult et Jean-Paul Aron. Il n'était pas seulement le sergent recruteur, mais le trésorier. Je persuadai Philippe de Saint-Robert, Jean Bothorel, Pierre Bourgeade, Maffre-Baugé, Pierre Boutang, Bernard Thomas, entre autres, de me suivre. Ils étaient tous de bonne foi, tenus dans l'ignorance la plus complète de la manipulation dont je me suis rendu coupable, cédant à l'insistance d'un Mitterrand. Me pardonneront-ils jamais ?

Car je suis impardonnable de ne pas les avoir tenus au courant que moi, l'exécuteur de ses basses œuvres d'hier et son bourreau d'aujourd'hui, j'allais rendre visite deux fois par semaine à un Mitterrand, au petit déjeuner, pour lui rendre compte de l'avancement de cette campagne — à laquelle il attachait, bien évidemment, une importance essentielle.

Il souriait, béat, sous la lampe basse du plafonnier, qui éclairait la moitié de son visage, laissant son front dans l'ombre. En cette lumière *claire obscure* que l'on eût cru tombée d'un tableau de Le Nain, dans la cuisine salle à manger du rez-de-chaussée de la rue de Bièvre, je m'interrogeais profondément. Déjà, un homme nouveau, glabre, en pause perpétuelle, blanchâtre, perçait sous celui que j'avais si bien connu : toutes les dents de sa carrière en dents de scie, ses dents pointues de vampire, venaient de lui être rabotées, et refaites sur pivot. Seule son âme était cariée, parce que ses dents à lui étaient en excellent état quand il avait décidé de se les faire refaire. Pas par hygiène, pour la mystification ! Ce théâtreux avait encore des tampons d'ouate blanche collés aux tempes — avant l'électrochoc du Panthéon. Et sous peu sa lavalière de chairs flétries, une véritable toile d'araignée de peaux ourlées, mortes, obscènes allait lui être arrachée.

— Vous me faites l'air un peu vache, devait dire Mitterrand, quelques mois plus tard, à son portraitiste officiel, Frédéric Pardo. Non, c'est un chef-d'œuvre, corrigea Attali, sauf qu'il faut retirer toute trace d'anxiété dans le regard. Quelle singulière angoisse que la sienne, quand il me fixait. C'était un homme en pleine mue, qui allait perdre sa peau de vieux serpent au théâtre des apparences. Une dégénérescence sèche, propre aux invertébrés, pour son prochain glacis télévisuel... le peintre, le photographe, le sculpteur pompier, le tailleur, tous allaient lui donner sa stature à la Ingres ou à la David. Il a tout voulu tout de suite cet homme — et sur-le-champ, ce qu'il est de tradition de faire après, le portrait de De Gaulle, de chapelain commandé par Giscard. Anxiété des lendemains ? Il a même sa propre maquilleuse, qui s'appelle Nadine. Quand il va à la télé, du jamais vu chez un homme politique, il se maquille toutes portes fermées, les lavabos recouverts, plantes vertes dans le couloir, et ne dit ni bonjour ni au revoir à personne. « Un vrai macho le mec », devait juger sans appel une autre maquilleuse, qui me raconta la scène à laquelle elle venait d'assister.

Pour l'heure, il salivait sous ses dents plates, écartelé entre la volonté de dissimuler sa délectation profonde de ragoteur et celle d'essayer ce port de tête à la romaine, glabre, crayeux, lugubre, pour donner le change de son insondable anxiété.

— Vous croyez *queueu*, répétait-il.

— Je ne crois pas, je sais.

— *Queueu* quoi ?

— Le Président c'est déjà vous ; vous êtes en train de changer de visage.

Comprenant l'allusion, il me regarda anxieusement. Que détectais-je en lui ? Quelles étaient mes arrière-pensées ? Que j'allais le trahir, ou lui rester fidèle ?

— Vous connaissez cette phrase de Blum ? Seul le résultat compte, et s'il ne peut être utilement soutenu que par le mensonge et la calomnie, va pour le mensonge et la calomnie.

En m'entendant, il eut un imperceptible recul. Se rendit-il compte qu'il en avait trop dit ? Quelles calomnies, quels mensonges ne seraient pas retournés un jour contre lui, qui les avait si souvent suscités en douce. C'est la presse de gauche qui avait commencé à parler de la vie privée de Giscard — de Katy Rosier, la speakerine antillaise — dans un article sirupeux du *Canard enchaîné*, et de l'affaire du laitier dans *le Monde*. Maintenant qu'il était lui-même aux portes du pouvoir, Mitterrand savait que s'il était vaincu encore, ce serait pour toujours. Il n'avait plus à lésiner sur les moyens à employer. Il ne profitait en fait que des batailles de chefs de l'ancienne majorité, étant de ces hommes dont « *l'astuce, le doigté, et l'habileté supérieure avaient été d'abord d'échapper au naufrage de leur temps, par la mort sur l'échec des rivaux qui longtemps les avaient supplantés. Polis comme des galets par l'usure de l'Histoire qu'ils avaient côtoyée sans jamais l'ordonner, ils s'étaient jusque-là contentés de survivre. Parvenus au premier rang mais incapables de trouver en eux-mêmes la force de créer un ordre nouveau, tournés vers le passé...* » Je ne peux m'empêcher d'admirer ce sublime autoportrait, tiré du *Coup d'État permanent*.

Après un silence, il se remit à parler, louvoyant :

— Attention, faites un peu moins l'agitateur. Vous n'allez pas être élu à l'Académie française.

— Pensez-vous. L'Académie est un repaire d'anarchistes repentis. C'est bien connu. J'y entrerai avant vous. Je ferai même votre discours de réception. Ce sont des aristos, ils se moquent de la respectabilité.

Il cligna des yeux, sourit en biais, méchamment.

— Vous voulez dire *queue*, moi non plus, je ne suis pas respectable.

— Ni vous ni moi ne sommes respectables, Président, lui répondis-je en le fixant droit au fond des yeux et en me levant...

Il resta pétrifié, la main droite avec ses doigts courts plantés dans son croissant, jusqu'à la deuxième phalange, tandis que sa deuxième tasse de café refroidissait dans la porcelaine blanche.

Ainsi pris-je l'habitude de revenir souvent chez lui, entrant sur la pointe des pieds comme un voleur — comme il est dit de Jésus, dans les Évangiles. Quant à mon comité, il attirait d'innombrables adhérents et nous allions en délégation à l'Élysée avec nos questions gênantes, équivoques. C'étaient les vrais signes de la mise à mort. Bien sûr, nous n'étions pas reçus, condamnés à attendre une réponse négative dans le petit boudoir à gauche de la poterne d'entrée, mais la presse et les photographes rendaient compte de nos actions de pourrissement avec une complaisance calculée. Pourtant, nous estimions qu'il n'y en avait pas assez. Pourquoi ne pas faire de la publicité ? Une partie a été payée par les services de Pierre Joxe, Villeneuve, administrateur du *Matin*, Claude Perdriel et Jean Bothorel s'en souviennent. Ils n'en revenaient pas, la première fois, avant que le parti socialiste confirme son accord, que je puisse me trimballer avec autant d'argent liquide en poche. S'ils avaient su...

Oui, s'ils avaient pu imaginer que, ce matin-là, je revenais une fois de plus de chez Mitterrand pour lui raconter nos progrès d'empoisonneurs. Sauf que le *Matin* exigeait d'être payé cash, étant donné le caractère subversif de nos placards.

— Je n'ai pas assez d'argent, dis-je. Perdriel ne veut rien savoir pour nous faire crédit...

— Ce n'est pas un vrai socialiste, je l'ai toujours pensé, me répondit nerveusement Mitterrand.

Il réfléchit, se gratta la tempe, puis se releva.

— ... Attendez, je vais voir ce que je peux faire...

Au bout de cinq minutes, l'une de ses collaboratrices descendit dans la cuisine, me tendant une grosse enveloppe que je m'empressais d'enfourner dans ma poche. Rue de Bièvre, je l'ouvris, découvrant qu'elle contenait en grosses coupures la somme dont j'avais besoin, seize mille francs. Merci Tonton !

J'admirai le machiavélisme du chef, sa promptitude de décision, sa volonté de gagner à tout prix, c'est-à-dire à n'importe quel prix ! Je me souviendrai toujours de ce matin de la corruption où j'arpentai le trottoir humide du boulevard Saint-Germain, balayé par les giboulées de printemps.

Rue de Bièvre, je devais y retourner l'autre jour, n'y étant plus revenu depuis plus d'un an. Il pleuvait toujours, mais c'était le soir. Il faisait nuit, je n'allais plus dîner chez le Président, mais dans le petit restaurant kabyle à l'angle du boulevard Saint-Germain.

J'allais entrer, quand je m'arrêtai sur l'impressionnant dispositif de protection policière. Il me rappelait le trottoir interdit de l'Élysée — comme ceux des ministères dans les pays de l'Est. On me raconta qu'une femme élégante, d'un certain âge, répondit aux forces de l'ordre qui l'obligeaient à traverser : « Merci Messieurs, vous me rajeunissez, je me rappelle mes vingt ans sous l'Occupation. » Ce qu'on a appelé le syndrome Allende a fait son chemin. Depuis ce déjeuner, trois jours à peine après son élection, Mitterrand prit à part Maurice Faure qu'il avait invité rue de Bièvre :

« Tu te rends compte, il va nous falloir gouverner. S'ils brûlaient nos maisons, nos immeubles... » Du jour où il gagna, il était perdu. À quels syndromes plus anciens encore répond cette peur ! Avec lui, il faut toujours remonter à sa guerre et songer à sa grande frousse de Verdun, le 16 juin 1940, au lieu dit Tête de mort. Le vrai nom de ce qui le hante est médico-mystique : le syndrome du Golgotha.

Cette nuit rue de Bièvre, il y avait de rares passants sous la pluie. Quand je vis le premier couple ralentir à l'approche du lieu sacré, en crachant sur le trottoir, j'attendis un peu. Un petit groupe eut des mots orduriers pour le Président, suivi d'un homme seul, qui cracha à son tour. Ces choses ne trompent jamais. Tels sont les vrais sondages du peuple, plus révélateurs que les laborieuses statistiques des instituts. Six mois plus tôt, j'avais lancé dans *Paris Match* mon premier avertissement sérieux : il est à craindre qu'après avoir été l'homme le plus aimé de France il en soit demain le plus haï, et le plus méprisé.

Quoiqu'on en pense, il n'y a aucune jouissance à assister à l'accomplissement de ses propres prophéties.

Une vallée de larmes proustiennes

Il aurait mieux fait d'arrêter sa carrière politique après l'affaire de l'Observatoire, ce qu'il supporte le moins qu'on lui rappelle. J'ai tardé à l'évoquer en détail, je ne voulais pas lui faire de la peine. Ne lui en avais-je pas assez fait ? En repoussant ses avances, en ne le considérant pas comme un grand écrivain, en dédaignant son fric ! Que sais-je encore… D'autant qu'en lisant mon livre, il va pleurer comme une petite madeleine, ce proustien. J'étais à la recherche de temps perdu, c'est son temps retrouvé qui accable les Français.

S'il est vrai que la vie est une vallée de larmes, il faut bien qu'il l'arrose un peu des siennes — rien que pour faire repousser sur nos plates-bandes quelques-unes de ces fleurs du bien qu'il chérit si fort. Oui, il va pleurer, comme dans le bureau du juge Braunschweig, quand ce dernier l'inculpa d'outrage à magistrat après la fausse fusillade, en 1959, dans ce jardin du VIe arrondissement où l'on m'enleva moi-même. Drôle de pelouses, haies étranges, sous les statues de Janus à double visage, où s'entremêlent les lauriers usurpés, les pétales de roses fanées, et les épines empoisonnées du passé. Notre saint François de Salves est revenu de loin. Quand Mitterrand démasqué craqua soudain, en pleurs, chialant comme un veau, il chevrota entre deux hoquets : « Je suis perdu. » Le juge lui passa son mouchoir en ajoutant : « Un peu de dignité, Monsieur Mitterrand. »

D'ailleurs, il lui en a été reconnaissant. Après, qu'on ne me dise pas qu'il est rancunier, cet homme. S'il l'est, c'est qu'on ne sait pas le prendre. Offrez-lui simplement un mouchoir, il ne vous oubliera plus jamais : c'est ainsi que son premier geste, après son élection de 1981, aura été de faire nommer le juge Braunschweig directeur de cabinet du ministre de la Justice. Il ne pouvait faire mieux. Rien que pour un mouchoir, il récompensa celui qui l'avait inculpé jadis d'outrage à magistrat, brisant pour six ans ce destin à la Blum qu'il se rêvait — après sa vision fugitive de l'attentat perpétré contre lui par les camelots du Roi. Si Danielle Mitterrand brodait des mouchoirs pour les offrir à la reine d'Angleterre, c'est pour qu'elle non plus ne les oublie jamais quand Thatcher cassera la prochaine fois la baraque du Marché commun. Ah, les braves gens ! Tous les Français devraient offrir des mouchoirs à Mitterrand, pour le consoler de cette peau de chagrin de sa popularité rétrécie au lavage. À votre bon cœur, M'sieurs, Dames — comme le répète inlassablement Régis Debray : premier handicap de la gauche, la générosité. On n'est jamais assez généreux avec un Mitterrand, il vous le rendra au centuple...

Ah, si j'avais offert un mouchoir à Mitterrand ! Une fois, je vis bien qu'il reluquait le mien, sortant de ma pochette. J'hésitai, puis me ravisai. Il était trop propre pour lui, l'homme de tous les sales coups. Celui de l'Observatoire, c'est le bouquet des fleurs du bien ! L'apothéose ! En tout cas, c'est la seule fois où il a été pris la main dans le sac. Pourtant, il croyait qu'il resterait toujours impuni. Onze fois ministre sous la IVe, n'avait-il pas trempé dans le trafic des piastres d'Indochine, en s'en mettant plein les poches ? N'avait-il pas réussi à échapper, de justesse il est vrai, à la suspicion d'avoir livré aux communistes des documents intéressant la Défense nationale ? Ce fut la fameuse affaire des fuites, était-il coupable ? Il méritait le peloton d'exécution pour haute trahison. Je donnerai les preuves irréfutables, terribles de ce que j'avance dans mon prochain livre, dès que l'Élysée aura réagi à celui-ci. S'il venait à me faire saisir, je les donnerais immédiatement.

Parce que j'avais été suivi à la trace, tout au long de ces mois. Évidemment grâce aux écoutes téléphoniques. Je m'en agaçai au point de refuser de payer ma note aux P. et T. On me coupa la ligne. J'envoyai deux lettres, l'une au colonel Gervais, qui centralise les écoutes pour Matignon. L'autre à mon ami Thierry Pfister, bras droit occulte de Mauroy. Je leur déclarai notamment : la SNCF devant deux cents millions de francs nouveau à l'URSSAF, je recommande à l'État qui se met lui-même en faillite de commencer à me rembourser ce qu'il me doit, un peu plus, un peu moins. L'honneur de m'écouter, de fouailler dans mon intimité, dans mes conversations amoureuses, politiques, journalistiques, littéraires, s'élève au montant de ma facture de six mille sept cent vingt francs que je vous adresse ci-joint. Je ne vous le fais pas payer cher. J'attendis deux jours, au troisième une voix sèche et manifestement furibarde m'annonça à l'autre bout du fil : « Monsieur, votre ligne est rétablie. » Depuis, je n'ai plus reçu la moindre note.

Voulez-vous savoir à quoi je passe mon temps depuis, quand bien même découvririez-vous en même temps un pan invisible de ma vie privée ? Un chrétien ne doit jamais avoir peur de confesser ses fautes. En vérité, je vous le dis, je passe des nuits entières à faire l'amour au téléphone avec une ravissante tahitienne, que je fais mouiller dans son île, et j'occupe mes érections de l'aube du côté de Hiroshima, avec ma traductrice en japonais. Sans oublier une vieille copine, à Johannesburg… Ça me prend au moins trois heures par nuit, de douces plaintes, de gémissements, de hautes jouissances poétiques avec mes grandes liaisons internationales. Je ne veux même pas savoir combien je coûte à la Poste. De même que ce livre est sans prix, je suis hors de prix. Pierre Joxe avait bien raison de s'écrier, quand je commençais à révéler, l'année dernière, un petit bout de l'affaire du comité Information et Vérité ! Jean-Edern est impayable.

Au moins les écoutes leurs servaient-elles à me prévenir que j'étais effectivement écouté. Une fois, j'appelai Marie-Madeleine Fourcade, pour vérifier la date exacte d'un envol de Mitterrand pour Londres en automne 1943. Et si c'était à bord d'un Lysander, ou d'un Hudson ? Le lendemain, elle se renseigna auprès d'Amadieu (M PDGR, réseau Alliance), qui lui répondit :

— C'est curieux, il y a moins d'une demi-heure, j'ai reçu un coup de téléphone de François de Grossouvre. Il m'a convaincu qu'il ne fallait plus que je dise, si l'on m'interrogeait, que c'était dans un Hudson, mais dans un Lysander.

En effet, quelques mois plut tôt, Margaret Thatcher, croyant faire plaisir à Mitterrand, invita à Londres le chef de bord de l'Hudson, du vol du 15-16 novembre 1943, à une réception en l'honneur du président de la République française, qui a raconté le fameux vol à maintes reprises.

— Vous n'étiez pas sur mon avion, lui dit le vieux pilote.

Esclandre, confusion du protocole ! Une horrible gêne s'empara de l'assistance, jusqu'à ce que notre menteur trouvât une fois de plus l'esquive pour s'en sortir.

— J'ai pris un Lysander.

Je n'aurais jamais évoqué cet exemple, parmi les innombrables mensonges, s'il ne prouvait à quel point j'étais suivi, l'Élysée défendant pied à pied, dans les plus infimes détails, l'imposture monumentale et menacée de son chef. (Quant au fin mot de l'affaire de son départ, il est bien plus inquiétant encore. Hughes Verity, l'auteur de *Landed by Moonight*, « Atterrissage au clair de lune », le document des envols clandestins en France, a simplement répondu qu'il n'y avait pas de Lysander cette nuit-là.)

Merci, cher Gros Sous ! Vous qui avez été vous-même, pendant la guerre, membre du SOL (Service d'ordre légionnaire) des collaborateurs, vous ne pouviez que rendre cet ultime service à votre maître. Parce que d'un Conseil restreint l'autre, Mitterrand désignait de nouveaux conseillers pour s'occuper du cas tragique que je représentais pour lui. C'est ainsi que le 20 avril 1984,

François de Grossouvre se porta volontaire pour prendre le relais de Bianco, Colliard, Attali, Dumas et Ménage — sans compter les émissaires intermédiaires, Jacques Sauvageot, président de la SNEP, ou le capitaine Barril. Comme je disais à Jacques Sauvageot qu'une bonne négociation ne se mène pas à coup d'assemblées générales, lui qui s'était mouillé, allant pendant un temps jusqu'à trois fois par semaine à l'Élysée rendre compte de l'avancement des négociations, il me répondit drôlement :

— Au moins faut-il qu'il leur reste encore quelque chose de socialiste !

Ce qui est sûr, à chaque fois que je rencontrais l'une des onze femmes soupçonnées d'avoir entretenu de tendres relations avec Mitterrand, elle recevait immanquablement la visite d'un conseiller de l'Élysée menaçant — lui suggérant soit de passer un mois à la campagne, soit de lui rapporter, quand je la reverrais, toutes mes paroles.

Hélas, je n'ai aucune imagination. Si j'avais le temps, j'en dirais bien davantage, ayant appris qu'un Mitterrand craignait par-dessus tout que je ne publiasse mon livre ce printemps, avant les élections européennes. Comment pouvais-je lui refuser la sombre jouissance d'un nouveau supplément de peur ? En ma course contre la montre, il fallait à tout prix que je sois prêt à l'heure juste de mon assassinat — moi qu'on appellait déjà Brutus, à l'Élysée. Ce prodigieux roman, jamais je n'aurais eu la puissance créatrice de l'imaginer si la terrible réalité ne me l'avait dicté mot à mot. À mesure que j'avançais, je pensais que je n'en finirais plus. Le roman du roman : s'y emboîtaient tous les jours de nouveaux éléments, plus pitoyables les uns que les autres. À eux seuls ils constituent, avec leur assemblage, un roman en soi.

Ce que je dis ne s'invente pas. Il y a eu pire. Quand je rencontrai Robert Pesquet, le maître tireur des jardins de l'Observatoire, l'Élysée s'affola littéralement. Il y avait de quoi. Un peu de dignité, Monsieur Mitterrand !

Du bon usage des cendres

Ayant fait don de ma personne à ce livre, pour empêcher qu'un Mitterrand ne continue de faire don de la sienne à la France, il faut remonter la rivière du don, en vaillant cosaque, jusqu'à ses sources vichyssoises. Comme le Kremlin, dans notre petit pays, renvoie à Bicêtre, Pétain renvoie à un Mitterrand, qui renvoie avec ce fameux revers lifté — dont il a le secret, chirurgie esthétique oblige — à tout et à n'importe quoi...

Comme pour tout vampire qui se respecte, mettez un Mitterrand devant un miroir, il ne renverra pas son image ! Perdu moi-même en cette hideuse galerie des glaces, où grimacent tant de fantômes tordus, étais-je Orphée aux enfers ? Ou Thésée dans le labyrinthe de Minos, ou tout simplement Sherlock Holmes à Vichy ? Élementaire, mon cher Watson ! Il importe d'abord de resserrer les fils politiques du labyrinthe de sa vie. Elle commence par le pétainisme, elle y retourne inexorablement. C'est parce que tout y renvoie sans cesse, par un jeu de miroirs de près d'un demi-siècle de distance, où les marcheurs fourbus du temps qui passe poursuivent les mêmes combats égarés et rétrogades, que les cendres d'un maréchal m'auront livré, à déchiffrer leurs haruspices, de quoi réduire en cendres l'actuel président de la République.

Parce que ces combats acharnés d'arrière-garde de la grande pétinouillerie molle se poursuivent toujours. Elle a ses poilus harassés qui s'affrontent d'une tranchée à un banquet d'anciens combattants, à une bombe au chocolat, à la sortie d'une inauguration de monument aux morts. Ils mènent de sanglantes batailles au bordeaux rouge. Ainsi rencontrai-je maître Jacques Isorni. Il continuait à perdre tous les procès où il entraînait ses clients avec un diabolisme inquiétant : pour une simple contravention, il était capable, d'appel en appel, de vous faire condamner en cour d'assises. Pourtant il est une cause qu'il ne désespère pas de gagner un jour : le retour des cendres de Pétain à l'ossuaire de Douaumont. Tu es poussière et tu redeviendras poussière. Au moins que cette poussière décorée de notre histoire retourne au terreau de l'héroïsme institutionnel ! Désormais, le rituel est bien établi : chaque futur président se doit de lui promettre le grand retour, s'il veut être élu. Le soutien d'Isorni est décisif. Il a des voix qu'il apportera au candidat. Elles, seules, peuvent faire pencher la balance : celles de sa vieille bonne et de son chien, les deux sur lesquelles il peut compter.

C'est ainsi qu'après avoir fait élire Pompidou, puis Giscard, il a permis cette fois-ci réellement l'élection de Mitterrand, mais pour d'autres obscures raisons que nous allons révéler ici. Les présidents se suivent, et se ressemblent : invariablement, ils oubliaient leurs promesses à Isorni. Il n'en reste pas moins que ce respectable membre du Conseil de l'ordre, à défaut d'être un avocat fréquentable, sauf par masochisme, est le grand électeur secret de la Nation.

Cette fois-ci, l'obsédé des cendres était sûr de gagner. Comme les autres, Mitterrand avait promis, mais lui ne pouvait se dédire. À cause d'une certaine lettre de Pesquet, datant de 1965, qu'Isorni l'obligea à adresser au juge Simon. Mitterand, qui traînait toujours le boulet de l'Observatoire, aurait été balayé à jamais de la présidentielle par les gaullistes. Donc, il lui devait effectivement son élection. Heureusement, je n'ai pas attendu le mercredi des Cendres, comme il eût été de mise, pour déjeuner avec Jacques Isorni. Quand il me raconta tous les dessous de l'affaire, il ajouta qu'il les rendrait publics dans le deuxième tome de ses Mémoires. Sauf, bien sûr, si les cendres revenaient à Douaumont ! Il me confia sa correspondance cendrée avec Roland Dumas. Il avait beau pester, gémir, claironner, et revenir sans cesse à la charge, ce dernier continuait à faire la sourde oreille. Il lui fallait frapper un grand coup pour se faire entendre. Il me demanda de l'aider en faisant publier qu'il sollicitait une audience du président de la République. Au café, un ami journaliste du *Figaro* vint s'asseoir par hasard à notre table : le lendemain, l'information paraissait en trois lignes, provoquant à la fois une réponse immédiate de Dumas, invitant à déjeuner Isorni pour la semaine suivante, et une tempête de cendres indignées sous les crânes chenus des anciens de la Résistance. Ils avaient deviné qu'on était en train de leur faire un cadavre dans le dos, le coup du grand retour. Quant à Roland Dumas, il savait à quoi s'en tenir puisqu'il était lui aussi tenu par Isorni. Ce dernier avait en sa possession un certain document que Dumas, dit-on, avait acheté pour deux millions à Genève, dans les salons de l'Hôtel d'Angleterre. C'était la lettre de Pesquet au juge Simon ; elle sauvait Mitterrand. Elle remettait le pied à l'étrier de l'ancien candidat de la vache *Monsavon*, François le menteur.

Je mis du temps à me procurer ce précieux document. Il était décisif. C'est par ce moyen qu'Isorni, qui avait permis la transaction, tenait aujourd'hui Dumas et hier Mitterrand, empêchant les attaques gaullistes ; en effet, il en ressort essentiellement que ce fut justement pour désamorcer aussi un vrai attentat qu'il inventa la farce burlesque et misérable d'un faux attentat. Qui était derrière ce sombre complot ? Nous allons l'apprendre sous peu. En tout cas, Isorni avait fait élire un Mitterrand, qu'un Pesquet avait fait lui-même élire sans l'avoir voulu, en lui enlevant cette terrible épine du pied six ans après la nuit des morts-vivants du 16 octobre 1959.

Le 17 octobre au matin, Mitterrand était un grand homme, rassembleur des gauches, et première cible de la droite parce que des tueurs inconnus avaient lâché des rafales de mitraillette sur sa Peugeot. Cinq jours plus tard, le 22 octobre, il n'était plus rien, sinon l'homme par qui le scandale arrive : il avait monté lui-même le coup — parce que son partenaire de l'ombre, Pesquet, avait pris ses précautions, s'envoyant à lui-même une lettre poste restante, où il racontait d'avance comment l'opération avait été montée par Mitterrand. Quand il la rendit publique, ce fut un tollé général — Mendès France et Pierre Viansson-Ponté, qui s'étaient engagés à fond pour le soutenir, ne le lui pardonnèrent jamais. Ce dernier raconte même cruellement l'entretien qu'il eut avec Mitterrand.

Ce qu'il avait si bien réussi une première fois, dans le camp de prisonniers de Boulay, pourquoi ne le réussirait-il pas une seconde fois ? Toujours selon le même principe, la collusion avec l'ennemi. Cette fois-ci, Robert Pesquet jouerait le rôle de l'Allemand. Quand il lui posa la question :

— Pour cette mission délicate, pourquoi n'avez-vous pas cherché d'exécutants parmi vos amis politiques ?

Mitterrand lui répondit, en souriant, la tête tout embrumée de barbelés de stalags, de sacs de pommes de terre, et de boches tirant dans toutes les directions, sauf la sienne :

— Il faut penser à tout. L'exécutant, comme vous dites, peut même, si nous combinons tout au mieux, être pris en train de tirer sur moi. Je tiens donc que ce rôle soit tenu par un ennemi politique comme vous.

Mais Mitterrand ne pouvait prévoir que l'opération échouerait lamentablement, tournant à son indignité et à la levée de son immunité parlementaire par cent soixante-quinze voix contre vingt-sept, le 25 novembre 1959. C'est l'organe du parti socialiste (SFIO), *le Populaire*, qui écrivait, sous la plume de Claude Fuzier, ce jugement implacable : « Si l'imposture était démontrée, monsieur Mitterrand ne vaudrait alors pas cher. Dans ce cas comme dans l'autre, des hommes qui osent se présenter devant le peuple, osant parler d'honneur, de probité, de patriotisme, montrent qu'ils ont une autre vie, sombre, inavouable. »

Or il a osé. Quant à l'imposture, elle a été amplement démontrée. Il fallait rappeler à la gauche cette ténébreuse affaire, et que la jeunesse, à qui l'on s'est bien gardé d'en parler, la découvrît à son tour.

Mais la ténébreuse affaire de l'Observatoire n'a pas révélé tous ses secrets, loin s'en faut... Il fallait bien qu'un jour quelqu'un jetât sur elle la lumière finale. Elle comporte cinq parties distinctes. La première : ses origines de la guerre d'Algérie. La deuxième : son effet de presse et ses conséquences politiques. La troisième : ses prolongements au travers Pesquet. La quatrième : le scandale de son étouffement. La cinquième : la plus grave de toute, l'affaire à venir... En tout état de cause, elle révèle impitoyablement ce que peut être l'honneur perdu d'un François Mitterrand. Fausse blessure, fausse évasion, faux attentat, faux témoignage — le délit le plus grave aux États-Unis (délit qui coûta à Nixon son mandat) — , il a toujours fait don de son déshonneur à la France.

« L'irrésistible ascension d'un faux derche », version modifiée de la pièce de Bertold Brecht : *la Résistible Ascension d'Arturo Ui.* En ses inavouables voluptés policières, rien ne l'enchante plus que les dérobades, ou celles des autres, qui lui rappellent les siennes. Comme il se montre alors compréhensif ! Souvenons-nous du faux enlèvement de l'écrivain roumain, Tanase, pour empêcher un soi-disant vrai enlèvement, ce qui lui rappelle sûrement le faux attentat de l'Observatoire, perpétré pour prévenir un soi-disant vrai attentat. Que de soi-disant ! Toute la vie de cet homme repose sur des soi-disant ! Des soi-disant qui, eux, en disent long sur ses leurres éhontés, à l'heure du réquisitoire final...

On ne comprend rien, si on ne se rappelle pas l'étrange climat de l'époque, tout en intrigues, et en complots permanents. De Gaulle était président depuis un an et demi, porté au pouvoir par tous les supporters de l'Algérie française — parce qu'ils croyaient, en 1956, que le général Salan, futur chef suprême de l'OAS, était secrètement pour l'indépendance, ils montèrent contre lui un attentat au bazooka. Un des adjoints de Salan, le commandant Rodier, fut tué. Salan, qui venait de sortir de son bureau, en réchappa miraculeusement. Le chef des exécutants était un médecin, le docteur Kowac. De puissants soupçons se portèrent aussitôt sur Michel Debré, directeur du journal gaulliste *le Courrier de la colère :* Mitterrand était alors garde des Sceaux. Au lieu de faire traîner en justice Debré, comme il l'aurait dû s'il avait été un honnête homme, il chercha à utiliser la justice à des fins personnelles, en la privatisant, déjà, pour faire chanter cet adversaire politique. Quand le procès des tireurs eut lieu, le 3 juillet 1958, Michel Debré était devenu Premier ministre du général de Gaulle. De son côté, Tixier-Vignancour était le défenseur de Kowac. Il demanda le huis-clos au tribunal permanent des forces armées, arguant que ce qu'il avait à révéler était un secret d'État : à la stupeur générale, un quart d'heure plus tard, Kowac était mis en liberté provisoire. Parce que les opposants d'hier s'étaient transformés en majorité, le grand débat de l'affaire de l'Observatoire eut lieu au Palais du Luxembourg, le 19 novembre 1959, devant un parterre bondé. Mitterrand tenta bien, pour renverser le courant formidable de réprobation qui allait l'exclure du Sénat, de sortir son atout maître. Il déclara :

— Un jour de février 1957, un homme vint me voir à la Chancellerie, place Vendôme. Il protesta de son innocence. Sans doute existe-t-il dans le dossier des pièces accusatrices et des aveux troublants, mais il s'en expliquera plus tard. Il lui faut seulement le temps... L'homme qui arpentait nerveusement la pièce où nous nous trouvions, cet homme, c'est le Premier ministre, c'est monsieur Michel Debré !

Immense brouhaha dans l'hémicycle ! D'ailleurs, il devait reparler de Debré : « Rien qu'un roquet de bazooka lancé un an d'avance sur l'horaire. » (*le Coup d'État permanent*) À la sortie du Conseil des ministres, Debré opposa un démenti formel. La levée de l'immunité parlementaire de Mitterrand fut votée. Le juge Braunschweig put enfin l'inculper d'outrage à magistrat. Résumant le sentiment général, *le Monde* (28 octobre 1959) écrivait : « Il reste qu'un ancien ministre de la Justice et de l'Intérieur, quelles que soient ses raisons, a contribué à égarer la justice et la police. Ce n'est pas l'un des aspects les moins choquants et les moins troubles de cette affaire. » Comment a-t-il pu devenir président de la République ? Rien de plus choquant, puisqu'il était inéligible...

Telle est la généalogie de l'infamie. Ainsi se déroula l'affaire de l'Observatoire. À juste titre, six ans plus tard, en 1965, elle pesait toujours sur Mitterrand de tout son poids de honte. Parce que la France ne lui a pas pardonné, elle n'aurait pu. Elle a oublié ce que je rappelle actuellement.

En 1966, les tenants de l'Algérie française, eux, n'avaient pas oublié la trahison du général de Gaulle, criant aux petits blancs de Bab el Oued : « Je vous ai compris. » Comment pouvaient-ils comprendre sans haine et rage impuissante ? Qu'on les comprît contre eux-mêmes ? Dès lors, entre deux maux, de Gaulle ou Mitterrand, l'extrême droite choisit François l'encapuchonné, le moine pervers de la Cagoule. Comment le pétainiste Isorni pouvait-il ne pas nourrir une secrète tendresse pour lui ? D'autant qu'en bon voisin de la rue Guynemer, il allait souvent dîner chez lui. Qui sait si Mitterrand ne serait pas président de la République ? Et lui, garde des Cendres, il le serait bien, garde des sots ! Au reste, sans le savoir, il l'était déjà. Espérant toujours le grand retour à la terre bien promise de Verdun, mais jamais tenu. Il s'entremit pour que Pesquet écrivît au juge Simon cette lettre, que Dumas irait négocier en personne à Genève. Il me fallait la lettre. Ce n'était plus qu'une course de vitesse entre Isorni et moi.

Comment retrouver Pesquet, disparu depuis vingt-cinq ans ? Où était-il ? En Espagne ? Au Maroc ? En Suisse ? Ou en Normandie ? D'aucuns affirmaient qu'il était revenu à Évreux. Après de multiples recherches, je parvins à mettre la main sur lui — grâce à un nouveau miracle des coïncidences, que Pesquet m'a interdit de rapporter ici.

Aussitôt, je pris rendez-vous avec lui.

De ma fenêtre, je le vis arriver dans ma cour.

Solide, de bonne taille, la démarche souple, admirablement bien conservé pour ses soixante-sept ans, avec sa fine moustache argentée. Il aura fallu que cet homme ait l'âme trempée dans l'acier pour d'abord supporter l'exil en Suisse — condamné à vingt ans de prison pour appartenance à l'OAS, dont il ne fut jamais membre — ensuite la misère, la réprobation des classes politiques et la formidable conjuration qui l'avait exclu de la vie publique. S'il est vrai qu'un Mitterrand, garde des Sceaux au moment de l'affaire du bazooka, protégea son rival Michel Debré, il est bien probable que ce dernier, devenu à son tour Premier ministre, a songé à se débarrasser d'un témoin gênant de son passé. Les deux parties avaient tout intérêt à éliminer Pesquet. Mitterrand, humilié, ridiculisé, était mort politiquement. Au fond, c'était bien mieux que de l'avoir éliminé physiquement. Tixier-Vignancour, au passage, dévia le tir, préférant imaginer cette machination infernale. Mitterrand restait toujours en vie et il détenait les dossiers qui empêchaient Debré, la Malène et les Gaullistes de l'abattre définitivement. Je te tiens, tu me tiens par la barbichette...

Quant à Pesquet, on voulut faire de lui un horrible député, inconnu du sérail politicien, élu sur la crête de la grande vague poujadiste, l'un de ces raz de marée accidentels dont l'Histoire a parfois le secret, et balayé par le reflux. On prétendit aussi, pour qu'il n'eût plus aucune crédibilité, qu'il ne connaissait pas Mitterrand. Celui-ci bien sûr n'aurait ni fréquenté ni écouté un pareil individu, s'il ne l'avait averti du complot qui se tramait contre sa personne. Fils d'un sénateur influent et riche propriétaire de journaux, ancien élève de Sciences-Po, et licencié en droit, Pesquet était plus diplômé que Mitterrand. Non seulement il n'avait rien du boutiquier révolté qu'on a complaisamment décrit, mais lorsqu'il cassa la boutique mitterrandouteuse, les deux hommes se rencontraient presque tous les jours depuis des années. Par la force des choses ! Tout simplement parce que leurs deux bureaux (celui du groupe gaulliste et de l'UDR) se situaient face à face dans le couloir du Parlement.

Avant de voir Pesquet, j'étais persuadé que c'était un escroc. Depuis que je l'ai vu, je pense qu'il faut persuader les Français d'en faire un héros national. Cotisons-nous ! Élevons-lui une statue devant les grilles du Luxembourg, brandissant sa mitraillette Stern, à deux pas de la rue Guynemer, où habita longtemps Mitterrand.

Régicide avant que notre monarque républicain ne monte sur le trône, il aura été un régicide malgré lui. As de la mitraillette, puisqu'il fallait surtout réussir à rater Mitterrand, il a joué en cette affaire le triste rôle de l'arroseur arrosé ! Parce que tous ceux qui l'avaient poussé, Michel Debré et Christian de la Malène, Tixier et plus tard Jacques Isorni, le trahirent ensuite, quand ils ne devinrent pas ses pires ennemis. Son plus grand crime, il l'a accompli contre lui-même, dans des milieux politiques où l'on ne pardonne jamais à quelqu'un d'aller jusqu'au bout de ses convictions, ou même d'en avoir. La sienne, l'Algérie française ! Comme pour d'autres, sous l'Occupation, la grande Allemagne ou la France libre. Au plein sens du terme, Pesquet était un homme engagé. Sauf qu'il ne faut pas se tromper d'engagement. Quand on a le malheur d'appartenir au camp des vaincus, ça tourne toujours mal. Pesquet avait commencé sa carrière en vainqueur. Secrétaire parlementaire du groupe gaulliste (alors intitulé RPF) et l'un des plus jeunes députés de France, il aurait été ministre. Hélas, les hommes se livrent en aveugle au destin qui les entraîne.

Quand je lui appris la teneur des discussions d'Isorni avec Dumas, Pesquet, rendu furieux par des rumeurs que l'avocat laissait courir sur son compte, selon lesquelles il vivait grassement aux frais de l'Élysée, s'empressa de me remettre la lettre adressée au juge Simon.

« Ne parler que de monsieur François Mitterrand, d'Abel Dahuron, ou de moi-même, ce n'est faire entrer en scène que les accessoires de théâtre », écrit-il.

Plus loin, il ajoute la phrase clé, tout en confirmant que Mitterrand était bien un des artisans actifs et conscients du faux attentat : « Je dois à la vérité de dire qu'il pensait de cette manière désamorcer la possibilité d'un véritable complot. »

Il n'en fallait pas plus pour que les gaullistes ne pussent plus réveiller l'affaire non jugée, non amnistiée de l'Observatoire, lors de la présidentielle de 1965. Mitterrand n'avait besoin que d'une seule chose : qu'il y eût un véritable complot. Qu'il y en eût eu effectivement un ne l'autorisait pas pour autant à jouer à saute-mouton avec la justice et à berner l'opinion publique. Toujours est-il que c'est le lendemain du jour où la fameuse lettre entra en ma possession que devait avoir lieu le déjeuner d'Isorni avec Dumas. Une heure avant, je l'appelai, lui annonçant, tout guilleret, que je venais de mettre la main sur le précieux document. Il y eut un silence. Son visage dut devenir cendreux. Je venais de réduire en cendres ses dernières folles espérances, en le privant de l'arme principale de sa négociation. Puisque je pouvais en jouer moi-même, il ne lui servait plus à rien de la faire jouer.

— Vous êtes fort, me dit-il, dépité, mais beau joueur.

Ainsi ai-je empêché le retour des cendres de Pétain à Douaumont, dans la même semaine où je l'avais presque rendu inévitable. J'avais fait d'une pierre deux coups. À ma connaissance, c'est bien la première fois qu'on rallume un feu avec des cendres refroidies de l'Histoire. Sans le savoir, le vieux maréchal avait refait don de sa personne à la France. Grâce à lui, la reconnaissance des milieux de la Résistance me donna accès à des documents inappréciables — en même temps que mes rencontres avec Pesquet me permirent de connaître le fin mot d'une affaire jamais élucidée, tombée aux oubliettes de la mémoire.

Quand Pesquet écrivit à son tour ses Mémoires, en 1977, il ne se trouva aucun éditeur pour oser les publier. De plus, c'était les vaches maigres pour Mitterrand, qui avait à recoller tous les jours l'union de la gauche. Peu de gens s'intéressaient encore vraiment à lui, cet animal préhistorique de la politique, il ne se survivait plus que par le bon plaisir des appareils. Quant à son vieux cuir, il pâlissait d'aigreur devant l'étoile montante de Michel Rocard. Selon la logique des éditeurs, ils n'en connaissent point d'autre, ce document pourtant indispensable à l'Histoire contemporaine ne se serait pas vendu. Après l'élection de Mitterrand, on ne reparla plus de rien. Il était convenu dans la presse qu'il y avait deux sujets tabous : Mazarine, et l'affaire de l'Observatoire. Heureusement qu'en 1977 Pesquet faillit tout de même trouver une officine courageuse pour le publier, les Éditions sociales. Merci, camarades ! Seulement Pesquet, qui était tout content, ne savait pas que c'étaient ses pires ennemis, les communistes, qui la dirigeaient. Il pensait que c'était une maison d'édition commerciale comme les autres. D'autant qu'on venait de lui proposer, pour les simples souvenirs d'un homme redevenu inconnu, une somme proprement mirobolante : vingt millions de centimes. C'était l'époque où, l'union de la gauche étant plus que jamais conflictuelle, les communistes faisaient main basse, en cette bataille de chiffonniers, sur tout ce qui pouvait servir à accabler Mitterrand, puisque les socialistes, eux, n'hésitaient pas à s'en prendre personnellement à Marchais. Il s'en fallut de peu que la transaction réussît. Averti au dernier moment, Pesquet fit ajouter deux clauses à la signature de son contrat. La première : que l'éditeur s'engage à publier dans les six mois. La seconde : que si Pesquet venait à disparaître, il désignait comme légataire l'un de ses amis, particulièrement craint des communistes pour ses révélations sur les revenus occultes de la place du Colonel-Fabien. L'entrevue eut lieu dans un café des Champs-Élysées. Dès que Pesquet proposa cette modification, les deux honorables correspondants qu'il avait en face de lui changèrent subitement d'avis. Les délais d'impression étant, selon eux, bien trop longs, ils préféraient y renoncer, ne pouvant mettre l'ouvrage en fabrication à temps. À peine deux minutes plus tard, ils s'en allaient, sans demander leur reste.

Je vérifiais l'information auprès de Roland Leroy, directeur de *l'Humanité*, et de Lucien Sève, directeur de l'école des cadres du parti, alors en charge des Éditions sociales. À la version de Pesquet, il oppose celle des communistes. Elle ne la contredit pas vraiment. Il me fut répondu qu'on avait vaguement entendu parler de ce manuscrit, mais il y avait si longtemps ! Impossible de retrouver les comptes rendus de lecture en archives, d'autant plus qu'elles avaient été déménagées ! Et pour cause, Pesquet n'avait que failli avoir l'imprudence de remettre le manuscrit ! Je regrette qu'ils n'aient pas réussi à mettre le grapin dessus, la pression communiste sur Mitterrand eût été telle qu'il n'eût peut-être plus été en mesure de continuer à jouer son rôle de rassembleur. Qu'importe. On ne mesure rien, à la prévision du passé.

Venons-en, enfin, à la dernière partie de l'affaire : le scandale, sur le plan juridique, de son étouffement. De cette aventure pitoyable, il ne s'avère pas seulement qu'un Mitterrand manqua de sang-froid, mais que c'était un aventurier lâche et sans scrupule, allant jusqu'à poursuivre ses complices pour s'en sortir lui-même. En vain, il tente de les faire juger en cour d'assises. Or la justice a refusé de connaître Pesquet, sauf comme témoin. Cela signifie-t-il qu'on est autorisé à tirer sur n'importe quel président de la République venu ? Mitterrand n'a jamais été jugé. Pourtant la justice a passé ; elle a établi l'existence du faux attentat ; elle a rendu un non-lieu définitif ; elle ne pouvait être plus claire. Le dossier de l'affaire, chaque premier juge d'instruction de la cour d'appel se l'est transmis — c'est-à-dire qu'il dort toujours dans le même coffre. Songe nauséeux, soigneusement enfermé ! Mais qu'on le rouvre, il pue la fange dont il est issu. Comme le chien des Écritures, Mitterrand revient toujours à son propre vomissement.

Pourtant, il y a une dernière affaire de l'Observatoire — sans elle — je veux dire, sans les documents qui décidèrent Pesquet, après que Michel Debré lui eut dit : « Butez Mitterrand, comme ça j'aurai les coudées franches... » Oui, sans elle, il n'y aurait jamais eu de première affaire ! Il s'agit de six documents mortels que détient Pesquet, et qui ne sont jamais sortis. L'heure sera bientôt venue de les rendre publics. Comme dit Baudrillard : « Le cristal se venge. » Puisque c'est dans le café de la Cagoule, le *Cristal*, que Pesquet revit pour la dernière fois Mitterrand après l'attentat manqué. Ce que ce dernier ne dit pas dans son journal, c'est qu'il lui proposa de l'argent, pour ne jamais divulguer ces pièces. Il lui demanda, puisqu'il le tutoyait aussi :

— Pourquoi as-tu fait ça ?

Pesquet lui énuméra les documents. Il crut que son interlocuteur, incapable de prononcer le moindre mot pendant un quart d'heure, allait s'évanouir — son visage, rendu plus blafard par le tube de néon, était déjà aussi blanc que la robe du pape. Il savait que l'autre savait. En ce temps-là, Pesquet n'avait pas encore ces pièces, il les avait seulement vues. Seulement le silence accablé de Mitterrand démultipliait leur force. Ce dernier eût-il trouvé une défense satisfaisante, Pesquet, qui sait, n'aurait jamais fait chercher par le juge, en poste restante, la lettre qu'il s'était adressée à lui-même où il racontait tout... Il n'a pas sorti non plus les documents, en 1965, parce que l'extrême droite voyant, toujours à cause de l'Algérie française, en Mitterrand un moindre mal qu'en de Gaulle l'a fait élire. Après il y a des choses qu'on laisse dormir ; mais pour reprendre Théophile Gautier : « Sous les cendres de cette tranquillité couvait plus d'un tison ardent. »

Les années ont passé. Moi aussi, j'ai vu les cinq pièces et visionné la sixième, un film pris à l'insu de Roland Dumas, derrière la glace sans tain du bar de l'Hôtel d'Angleterre, à Genève ; on le voit lui verser en argent suisse le commencement de cette immense reconnaissance de dette d'un Mitterrand, que, même après sa mort, l'Histoire continuera de lui faire payer. L'enregistrement du dialogue entre les deux hommes existe aussi. Cette fois-ci c'est un roman d'Eugène Sue, revu par Fouché : les mystères de Genève.

Restent les cinq autres pièces. Comment être surpris, dans ces conditions, que le nouveau pouvoir ait traité Pesquet, jusqu'à présent, avec de si grands ménagements ?

Quels égards pour le presque tombeur d'un Mitterrand ! Quelle sollicitude touchante ! Aussitôt après le 10 mai 1981, Gaston Defferre rencontra Pesquet.

— J'espère que tu vas être sage, lui dit-il.

Quant à Roland Dumas, il lui rendit souvent visite en Seine-et-Marne.

L'avant-veille du jour où il fut nommé ministre aux Affaires européennes, il vint solliciter de lui le *nihil obstat* — le non-empêchement. Quand j'entrai à mon tour dans la danse, ce fut la panique générale à l'Élysée. Un certain dimanche, je pris mon petit déjeuner au Café de la Paix, place de l'Opéra, avec Pesquet. Le lendemain, il se sentit suivi dans le train qui l'emmenait de sa banlieue à Paris. À la gare, un genre de barbouze l'aborda, le menaçant s'il continuait à me revoir. Une autre fois, alors qu'il allait chercher au Parlement ses bons pour la caisse de retraite d'ancien député, un homme vint à sa rencontre, grand, à lunettes, dont le signalement correspond à celui de Bianco, secrétaire général de l'Élysée, sans pouvoir affirmer pour autant que c'est bien lui. Sans me citer, il lui déclara sur un ton d'insinuation et de politesse glacée :

— Nous nous moquons éperdument de ce qu'il peut écrire contre nous, dire, ou écrire, parce que c'est un raté, un mythomane, un voyou qui a toujours besoin d'argent !

Puis il ajouta :

— Par contre, si vous lui livrez les atouts que vous possédez, vous courrez les plus grands dangers. Nous pouvons vous rendre service, vous aider. Si vous avez besoin de quoi que ce soit, nous sommes là. Venez-nous voir.

Il n'y alla pas. En revanche les autres vinrent à lui. Chaban-Delmas, Arpaillanges, et Dumas à nouveau... Un autre ministre en exercice fut chargé par Mitterrand lui-même d'entrer en relation avec lui. Il refusa, mais déjeuna quand même avec Pesquet, à la buvette de l'Assemblée. Il lui déclara :

— Mitterrand est haï. Attali, Bérégovoy, Savary, les siens le haïssent. Mais que seraient-ils sans lui ? Ils s'accrochent parce qu'ils savent qu'ils ne seraient plus rien s'il tombait.

Comment interpréter l'étrange signal de ces paroles ? Tout simplement il signifie que la guerre de succession est commencée.

Quant à Arpaillanges, il rencontra Pesquet le 2 mai 1984, à l'Assemblée nationale, dans une pièce proche de la salle Colbert.

— C'est effrayant, lui dit-il, vous donnez une boîte d'allumettes à un pyromane.

Il ajouta :

— Nous sommes prêts à transiger, à aller très loin. Quatre ou cinq millions vous suffiraient-ils ? Vous viendrez au ministère de la Justice dès demain. Vous les aurez aussitôt, mais vous signerez en échange que les pièces que vous détenez sont des faux.

Quant à Chaban-Delmas, il surenchérit, téléphonant à Pesquet.

— Tu n'as pas envie de devenir riche ?

Hélas pour Mitterrand, Pesquet l'était déjà. Et qui sait si on ne lui préparait pas, à lui, un autre coup monté de l'Observatoire ? Je lui recommandai de se mettre au vert : accepterait-il le marché d'Arpaillanges, qu'après avoir signé le dédit, on l'eût arrêté avec l'argent à sa sortie du ministère de la Justice ! Il aurait fait cinq ans de taule pour chantage. En revanche, pour rendre encore plus fous de rage ses interlocuteurs, je chargeai Pesquet de leur dire que pour le prix d'un Jaguar abattu en rase-mottes au Tchad — soit un milliard —, j'accepterais de renoncer à mon livre. Bien sûr, j'aurais empoché le milliard, et publié tout de même.

L'affaire du nouvel Observatoire commence, je suis bien obligé d'achever le livre, inachevable tant que ses protagonistes sont en vie, puisqu'il se nourrit de leur vie même, et tous les jours s'y ajoute un nouvel épisode...

Il s'agit donc d'un premier tome... Je n'ai abordé ni la carrière politique de Mitterrand sous la IVe ni ses tortueuses manœuvres comme premier secrétaire du PS — ni son double jeu, doublé de sa lâcheté, sous les fenêtres du ministère des Anciens Combattants de Frenay, en 1945, alors qu'il en était le secrétaire général. Surpris à marcher avec les manifestants criant : « Frenay au poteau ! Frenay au poteau ! » de Gaulle le convoqua rue Saint-Dominique.

— Mon Général, je n'approuve pas ces hommes, mais je veux les empêcher de faire des bêtises, lui dit Mitterrand.

— Alors, si vous vous désolidarisez, vous allez me l'écrire. Voici un coin de table et un bout de papier.

— Ça demande réflexion.

— Tout à fait juste, je vous donne trois minutes. Si vous n'avez rien écrit et signé, vous serez aussitôt mis en état d'arrestation en sortant de cette pièce.

Mitterrand se leva et consulta deux de ses acolytes. Quand il revint, il déclara :

— Mon Général, nous avons compris. Je signe.

De Gaulle conclut avec un immense mépris : Voici ce qu'est le dénommé Mitterrand !

Plus tard, Henri Frenay confirma que les choses s'étaient bien passées ainsi (*les Clartés du jour*, Michel Droit). Il s'agit d'une illustration supplémentaire, s'il en était besoin, du personnage de François Mitterrand. Comment a-t-il été élu à gauche, en 1946, dans la Nièvre, comme il l'a toujours affirmé dans *Ma part de vérité.* Indigné, il se défendait auprès de Franz Olivier Giesbert : j'ai été élu avec des voix mélangées, voici ma légende. Une lettre d'Edmond Barrachin pulvérise cet autre mensonge : en effet, le chef des Indépendants-paysans, le parti le plus à droite de l'Assemblée, apportait son soutien inconditionnel à la candidature de Mitterrand. On n'en finissait plus. De son manteau d'arlequin ne restent plus que des lambeaux, que je lui laisse pour qu'il ne prenne pas froid...

À ceux qui prétendent que j'ai fait le portrait tendancieux d'un homme qui, pour avoir été onze fois ministre sous la IVe, devait tout de même avoir de grandes qualités, je laisse la parole à Viansson-Ponté. À défaut d'être un bon président aujourd'hui, au moins hier a-t-il infléchi l'Histoire de notre pays.

« Vous avez participé allégrement au “système”. On n'a pas oublié votre ardente et courageuse défense, au ministère de la France d'outre-mer, dans les années 50, d'une colonisation généreusement comprise, pérennisée par des réformes audacieuses et promptes ; puis votre énergique affirmation du maintien, par la force s'il le fallait, de la présence française en Algérie aux jours sombres du début de la guerre, à la Toussaint 1954 ; et encore votre silence dans le cabinet de Guy Mollet de 1956-1957, dont vous étiez le garde des Sceaux quand l'armée, avec la bénédiction de Robert Lacoste, interceptait l'avion de Ben Bella ou quand elle était lancée dans l'imbécile expédition de Suez. » (*Lettre ouverte aux hommes politiques*) Qui dit mieux ! Si la tentation de l'Histoire fut bien la sienne, l'Histoire, elle, ne céda jamais à ses avances. Elle le renvoya à son roman. De la petite histoire....

Le syndrome de Gaulle-Gotha

Comme ce livre s'achève, il m'achève. Il m'a contraint à confesser publiquement mes fautes. J'ai été un mauvais père. Pour me racheter aux yeux de ma fille Béatrice, il ne me restera jamais assez d'années pour me faire pardonner toutes celles que je lui ai fait perdre, en l'oubliant — et en acceptant de ne m'acquitter de cette reconnaissance qu'à l'heure où je réclamais celle de Mazarine. En plus, j'ai avoué mes penchants homosexuels, et j'ai reconnu avoir été corrompu par un Mitterrand pour le faire élire, manquant de peu de me laisser corrompre une seconde fois, pour ne pas le renverser. Il s'en est fallu de presque rien que l'honneur perdu d'un François Mitterrand ne fût plus que le récit de la perte du mien.

Parce que j'étais devenu à mon insu l'ange exterminateur. Je ne pouvais faire autrement que d'accomplir jusqu'au meurtre final ma tâche sacrée de tueur. Après m'être sali les mains, en acceptant de faire les basses besognes d'un Mitterrand, j'ai eu honte. Ce livre est un livre de repentir : je me suis remis en règle avec moi-même et avec le monde.

Sans ce Mitterrand, j'aurais toujours été un honnête homme, au sens du XVIIe, comme je l'indiquais sur mon passeport ; profession : honnête homme. À force de me faire arrêter pour ce motif à toutes les frontières, je compris que rien n'est jamais simple, ni évident. Donc, je biffais la mention, mettant à la place celle d'écrivain.

Est-il sauvable par sa politique ? Peut-on en faire le bilan ? Un bilan, ça se dépose. S'il n'y avait eu la Constitution de la Ve République, il aurait depuis longtemps déposé le sien, j'ai à peine parlé de sa politique, était-ce même nécessaire ? Ce qu'on découvrira après son départ sera si ahurissant qu'il s'accrochera le plus longtemps possible au pouvoir pour retarder l'heure de l'échéance. Mon livre allait se terminer sur ces quelques phrases quand je reçus un coup de téléphone. « Une haute personnalité veut vous voir », appris-je de mon mystérieux correspondant.

— Ne cherchez pas à savoir qui, ajouta-t-il.

Comme je flairais le piège, je raccrochai. Moins d'une demi-heure plus tard, la même voix me rappela avec le même sérieux administratif, mais elle était de plus en plus pressante. Elle me donnait rendez-vous à deux pas de la place des Vosges, dans un petit café à l'angle de la rue Saint-Antoine et de la rue de Birague. J'y allais, accompagné à distance par mon assistant J. A. L'homme qui vint à ma rencontre avait un air de policier, ou de chauffeur officiel. En effet, sa voiture était une CX anthracite, pareille à celles appartenant au parc élyséen. Il était midi, il me donnait rendez-vous à cinq heures de l'après-midi pour m'emmener voir à la campagne cette haute personnalité.

— Laquelle ? Si je ne sais pas qui je vais voir, je n'irai pas.

— C'est la plus haute de toutes, marmonna-t-il, toujours sans prononcer son nom.

À mon retour, j'hésitai longuement à me rendre à l'invitation. Si c'était Mitterrand qui me mandait, risquais-je d'accepter l'entrevue de la dernière chance ? N'avait-il pas déjà consigné Catherine Nay, pour essayer de parer aux inconvénients de l'enquête pour le livre qu'elle prépare sur le président de la République, et dont les conclusions recoupent étrangement les miennes ? Encore que sa diffusion par Hachette, contrôlée par l'État, lui fixe des limites à ne pas dépasser ! Pourquoi ne me verrait-il pas ? D'autant que j'avais écrit à Colliard qu'« une rencontre d'homme à homme pouvait arranger le malentendu, si malentendu il y avait »... Tous les ponts avec l'Élysée étant rompus, il fallait aussi que ni les écoutes, ni les conseillers eux-mêmes n'en sussent rien. En plus, viendrais-je à tout révéler, il faudrait qu'il pût démentir, avec des alibis indiscutables, sur tous les blancs de son emploi du temps officiel. C'est la raison pour laquelle je ne donne pas la date de l'entrevue, il m'opposerait aussitôt tel week-end chez Badinter, soirée chez Grossouvre ou envol chez Rousselet, qui d'entre eux ne se démènerait pas pour fournir un alibi à leur maître ? Tiens, je suis sûr qu'il devait rompre le pain, à la même heure, avec braguette à un franc. Le système des alibis de la société secrète est même particulièrement bien rôdé, puisqu'elle n'est à elle seule que l'alibi du mensonge qui la soude.

En revanche, ce que je révélerai sur le lieu secret où mon entrevue se déroula suffira à faire taire les plus sceptiques. Seuls de très rares intimes y sont allés. Ainsi seront-ils les premiers à apprendre qu'un Mitterrand les a trompés avec moi, puisqu'ils savent à quoi ressemble l'intérieur de ce repaire caché. Le déménagera-t-on demain d'urgence ? En repeindra-t-on les murs ? Rien à faire, la mémoire visuelle fixe les choses. Pourtant, je faillis bien ne pas y aller. N'allais-je pas tomber dans un piège ? Ne serait-ce pas une nouvelle affaire Ben Barka, comme en 1962 ? Le leader de l'opposition marocaine avait accepté une discussion secrète avec Oufkir, ministre de l'Intérieur. On ne le retrouva plus jamais. Quel coup tordu de la DST mijotait-on ? En fait, tous les doubles de mes manuscrits étaient au coffre, à Paris, ou en Suisse. Ou dispersés chez des amis sûrs. S'il m'arrivait quoi que ce fût, le livre paraîtrait quand même. La curiosité finit par l'emporter. Après tout que risquais-je ? Je demandais à J. A. d'avertir l'*Agence France Presse,* et la police, si je n'étais pas rentré à minuit.

À l'heure convenue, rue Saint-Antoine, je montais dans la CX qui m'attendait. Au lieu de me déposer quelque part à Paris, elle alla jusqu'à la porte d'Orléans, prenant l'autoroute du sud, roulant à 160. J'eus soudain peur.

— Où m'emmenez-vous ?

— On préfère vous voir à la campagne, répondit le chauffeur, laconique.

Je ne pus rien tirer d'autre de lui. D'ailleurs, je n'eus pas longtemps à attendre. Au bout de trente kilomètres, il tourna à droite, empruntant les petites routes sinueuses qui mènent à la vallée de Chevreuse. Bientôt, la voiture tourna autour de murs d'enceinte, reconstruits et surélevés depuis peu à en juger par les traces de plâtre frais. De la bâtisse elle-même, je ne distinguai que des pans de mur et quelques fenêtres entre les frondaisons. Entre deux petites tourelles, le portail métallique s'ouvrit pour laisser passer le véhicule. Un gardien au nez pointu et à petite casquette me regarda d'un œil tendre.

Quelques instants plus tard, je me retrouvai dans le salon du rez-de-chaussée du manoir de Souzy-la-Briche. Accrochés aux murs, des tableaux de scènes campagnardes — du style bœufs, labours, glaneuses, forces tranquillement pétainistes. Mitterrand avait fait don de son mauvais goût de notaire parvenu à cette propriété secrète, restaurée avec les deniers des contribuables, pour ses délices les plus privés. La privatisation toujours. Quelques bûches dans la cheminée, un côté rustique, confortable, douillet ! Charentaises, quoi. Il y avait une télévision et un grand lustre de bois en forme de licol de cheval pendait du plafond. Ah ! que ce vieux cheval de retour de Mitterrand, assis dans son fauteuil de cuir, avait changé depuis deux ans et plus, depuis que je ne l'avais revu en chair et en os. J'avais quitté un homme un peu épais avec la robustesse charnue de la force de l'âge, je retrouvais un Mitterrand légèrement recroquevillé sur lui-même, comme si le chagrin de ne pas m'avoir revu pendant si longtemps avait fait de lui, sinon un vieillard, du moins quelqu'un que la sénilité aurait lentement, inexorablement envahi, réduisant déjà la largeur de ses épaules, et, pour le chasseur de têtes que je suis, la dimension de son front rétréci — comme on dit en Amazonie. Le temps passé entre notre dernière rencontre et celle-ci, que je n'attendais plus, me permettait de détecter tout cela d'un coup d'œil infaillible. En effet, je ne l'avais plus revu depuis ce déjeuner intime à l'Élysée avec Rousselet et Attali, quelques jours avant qu'il ne se décommandât, par mauvaise humeur contre l'un de mes blocs-notes du *Matin*, de la petite réunion de famille où il devait être le parrain de mon fils, né juste au lendemain du 10 mai 1981. Il n'était plus le même, mais il n'était pas encore un autre. Sous peu, il aurait besoin d'un autre lifting pour rehausser son prestige.

En me voyant entrer, il ne se releva pas, me tendant une main rétractile, toute de crainte contenue. Il avait dû hésiter, tergiverser, et finalement prendre sur lui, avant de se résoudre à me convoquer, considérant qu'il n'avait rien à perdre à tenter un ultime accommodement entre la République et la littérature. Comme je n'avais rien à perdre non plus, et rien à gagner, j'attendis de voir quelle représentation jouerait le vieux comédien. Celle de l'*Ami retrouvé* ? Celle de *Embrassons-nous Folleville* ? Ou celle de *Tartuffe* ? Il opta pour la dernière.

— Excusez-moi de ne pas vous avoir revu plus tôt, étant président de la République, vous savez *queueu* — à nouveau Lang passait par son petit cervelet — je suis très occupé.

J'attendais de le voir venir. Après quelques banalités sur la forêt avoisinante, les vieilles pierres et les petits oiseaux, il me décocha un regard un peu trouble, glacé, et posa la question attendue.

— On parle d'un livre *queue* vous écririez sur moi.

Il n'avait pas dit *« contre »,* mais *« sur ».* Aussitôt je saisis la nuance, qui indiquait ce qu'il essayait d'obtenir : c'est-à-dire que j'expurgeasse du livre les passages qu'il craignait le plus. Bizarrement, son épopée résistante, auquelle il tient comme le paon à sa *queue*, les diamants de Giscard, Mazarine, l'Observatoire et ce qui fait si mal auprès de la gauche, la Cagoule. Autant dire qu'il n'en serait rien resté. Je n'aurais plus écrit *« sur »* mais *« sous »* Mitterrand.

— C'est pourquoi je suis content de vous voir, lui répondis-je (me gardant d'employer l'expression « ma vieille affection pour vous »). J'ai des questions à vous poser. Vous seul pouvez y répondre.

En même temps, j'ouvris mon cartable de collégien attardé, où j'avais pris soin d'emmener à tout hasard mon manuscrit. Je le posai juste devant lui, sur la table basse.

— D'ailleurs, vous pouvez me lire. Je n'ai rien à cacher, ajoutai-je.

Il avait une chemise en carton, tout près, grosse de feuillets divers, sûrement pleine de ce que les pelures des écoutes téléphoniques avaient rassemblé à son intention, de ce que j'avais lu à haute voix à mes amis. En somme, c'étaient mes morceaux choisis ! Quand je fis mine de lui donner le manuscrit, il fit d'abord le geste de vouloir s'en saisir. Au moment où il allait le prendre, il se ravisa soudain, retirant brusquement ses deux mains. À l'idée de ce que contenait ce manuscrit brûlant, le contact avec un tas de braises rouges aurait produit le même effet.

— Vous lire, me dit-il, ce serait faire pression sur vous. Vous savez *queue* je mets par-dessus tout la liberté d'expression de l'écrivain.

Ah, l'habile homme ! Il m'obligeait à faire comme si je ne savais pas qu'il savait. N'ignorant rien de l'essentiel de mon livre, il feignit d'avoir lu dans les journaux quelques-unes de mes prérévélations, destinées à mettre l'eau à la bouche de la presse. S'il décida de me parler de ses fausses blessures du 16 juin 1940, c'est bien sûr parce qu'il avait appris dans *Libération* — et non par les écoutes — que je les mettais en doute.

— Il se peut *queue* tout se retourne à votre confusion. Je suis pensionné de guerre. Le saviez-vous ?

Il ne se souvenait pas que je m'étais bien renseigné sur les points les plus délicats de mes affirmations. Ainsi, à la différence des documents administratifs des individus que chacun peut se procurer, depuis une loi des dernières années, cette transparence s'arrête notamment avec les blessures de guerre, protégées par le secret médical. Manifestement, il cherchait à me coincer avec sa petite intelligence à lui, de juriste.

— Étant donné *queue* ma fonction m'empêche de me déshabiller en public, ajouta-t-il en souriant méchamment.

(La plaisanterie dont il feignit d'être l'auteur, je la reconnus aussitôt comme tirée de mon livre. Pourtant, je ne pouvais lui dire que je n'étais pas dupe.)

— Vos accusations risqueraient de paraître totalement gratuites, conclut-il.

J'enregistrai, faisant mine de ne répondre qu'à sa tirade sur la liberté des polémistes. Non seulement j'abondai dans son sens, mais je sentis que je le mettais dans une position intenable en lui rappelant ses déclarations de soutien à Jacques Laurent, son pamphlet contre de Gaulle et

Mauriac, dans le procès que lui avait intenté, en 1965, le pouvoir.

— Vous avez été formidable, lui dis-je perfidement. Vous avez été le premier à déclarer solennellement qu'avec un président devenu chef de l'exécutif il faut laisser l'écrivain dire ce qui lui passe par la tête, ou imposer le silence propre aux régimes totalitaires. C'est une vision très pénétrante des institutions. Je n'aurais jamais écrit ce livre si vous ne m'y aviez autorisé.

Il m'avait compris, je le pénétrais. Aussitôt il changea de sujet de conversation, développant des considérations creuses sur le rôle des pamphlétaires dans la société. À condition de bien rester dans les limites autorisées. Trois quarts d'heure se passèrent ainsi, où aucun de nous deux ne fut plus explicite que l'autre.

Il m'emmena faire un tour dans le parc, qui dura une bonne vingtaine de minutes d'enracinement terreux, gazonneux et branchu. Jouxtant la propriété, cette petite gentilhommière bourgeoise du XIXe, il y avait une ferme qu'il me fit presque visiter. Quelques vaches *Monsavon* y paissaient l'herbe grasse et humide de cette France profonde pour brouteur lamartinien et dentistes enrichis...

Au retour, il m'entraîna vers la petite chapelle toute proche, restaurée aussi par ses soins. Il poussa sa porte. Au fond, un banc. Devant, quelques chaises. Les murs bis avaient été repeints récemment. C'était d'une religiosité proprette, propre pour une fois (il ne devait jamais y mettre les pieds) mais aseptisée et fadasse. Un oratoire pour prendre par derrière la jeune fille de bonne famille agenouillée ! Au mur, des scènes de calvaires. Deux à gauche, deux à droite. Nous avancions sur le carrelage beige, vers l'autel, quand il se retourna, tout en me disant :

— Vous comprendrez aisément *queue*, après tout le bruit autour de votre livre, je ne puisse plus vous donner la villa Médicis.

Je restai silencieux, comprenant où il en arrivait après m'avoir baladé, au double sens du terme : je le crucifiais parce que je n'avais toujours pas fait allégeance. Lui, il recommençait à faire son chemin de croix. Il s'arrêta — pardon, fit station. Comme Pilate le dit à Jésus, dans les Évangiles, j'eus l'impression qu'il allait aussi me dire : « D'où es-tu ? Mais Jésus ne lui donna point de réponse. » (Jean, 19-9) En fait, que lui dire ? Il fallait qu'il fasse une étape de plus. Dans le parc, je ne savais pas que nous étions dans le Jardin des Oliviers — pour l'olive, le côté occitan de son emblème, le gland et l'olive. Par cette chapelle, tableau après tableau, nous gravissions le sommet du Golgotha, dont j'incarnais le syndrome, cette fois-ci purement intellectuel. Comme me disait Sollers, en un langage tout lacanien : « Le syndrome de Gaulle-Gotha », le grand homme qu'il n'était pas, le Gotha, c'est nous qu'on est les princesses. Livide, exsangue, les yeux enfoncés, la tête de mort, c'était bien la sienne — et non plus le lieu-dit près de Verdun. Je n'avais rien cédé en près d'une heure et demie. Pour cet amateur de forêts, je n'étais plus qu'une tête de bûche. Alors, il fut contraint de passer à une nouvelle station.

— Mes conseillers, tous des imbéciles ! Vous avez eu bien raison de l'écrire. Je vais finir par me demander si c'est vous qui n'avez pas toujours raison.

J'attendais qu'il s'enferrât une fois pour toutes. Enfin, la phrase tomba.

— Que disais-je ? Oui, vous vous y êtes bien mal pris pour la villa Médicis. Mais si vous renoncez à votre livre, on ne vous laissera pas tomber. Vous aurez même tout lieu de nous en être très reconnaissant...

Il n'avait pas besoin d'en dire plus, c'était déjà trop. Je ripostai du tac au tac.

— Connaissez-vous cette phrase de Montesquieu ?

— Laquelle ? demanda-t-il, perplexe.

— « Quand on achète la paix, on se met en situation de la payer toujours plus cher. »

Il m'avait compris, il devint blême — cet homme qui devient blême à volonté, comme d'autres rougissent malgré eux. Je continuai :

— Dans six mois, vous seriez obligé de me nommer ministre de la Culture. Que sais-je, on n'en finirait plus...

Il eut un sourire inquiétant, en biais, et me répondit en bon réthoricien.

— Si vous ne déméritez pas, pourquoi ne reconnaîtrais-je pas vos mérites ?

Je fis mine de m'interroger, puis je répondis, posément, avec une grande nostalgie :

— Nous avons renié, tous, pendant quinze ans, une gauche moderne. On aurait pu refaire la France ensemble. Il n'est pas nécessaire d'être une grande Nation pour faire entendre sa voix dans le monde entier. Vous m'avez appelé trop tard. Désormais, que pourrais-je pour vous ? Vous êtes fichu.

Sous la cire glacée de ses mâchoires, je le sentais serrer les dents.

— Vous allez raconter tout ça dans votre livre.

— Oui, tout. Même notre entretien. Comme disent les Évangiles, c'était écrit. En tout cas, ça sera écrit dès ce soir.

L'entretien s'arrêta net sur ces mots. Il ne pouvait même plus me dire au revoir, parce que je l'écrirais aussi.

Comme à la fin de tous les récits de vampire, je crus qu'il allait fondre, se liquéfier sur place. Son visage se décomposa de colère, d'impuissance nerveuse, sous sa politesse intacte, mais sibérienne, de vieux mammouth conservé sous la glace — et qui seule l'empêchait de se résorber dans le néant, le bidonneur… Au fond, me rencontrer ne lui avait servi à rien. Mais il m'avait servi, au moins, à faire mon dernier chapitre ; hier, l'Élysée portait la pleine et entière responsabilité de ce livre. Aujourd'hui, on ne pourra pas dire qu'un Mitterrand n'a pas tout essayé pour m'en empêcher. J'assume pleinement la faute de l'avoir publié. Mieux, je ne m'en repens pas.

On n'offense pas un grand écrivain. J'étais prêt à pardonner à un Mitterrand, pour tout dire à oublier que, peut-être, j'étais cet écrivain-là. Sauf que c'est sa vie d'impostures, de sordides tricheries et de bassesses éhontées qui offense la Nation. Plus je la découvrais, moins je pouvais faire marche arrière. En enfant, je courais, je gambadais de plus en plus vite dans ce labyrinthe redevenu tristement prévisible, dont tous les chemins mènent à la même imposture. Sauf qu'à la fin ce fut aussi comme dans le songe d'Athalie, où elle rêve qu'elle va être assassinée par un enfant.

« Son ombre vers mon lit a parut se baisser ; et moi, je lui tendais les mains pour l'embrasser ; mais je n'ai plus trouvé qu'un horrible mélange d'os et de chairs meurtris, et traînés dans la fange des lambeaux pleins de sang et des membres affreux que des chiens dévorants se disputaient entre eux. »

J'ai terminé mon réquisitoire. Épuisé, je me rassieds. Je replie les grandes ailes rouges de mon habit de procureur.

Messieurs les Français,

Vous êtes tous les jurés au tribunal de l'Histoire. Un Mitterrand ou l'un de ses séides éclaboussés dans le livre me feront-ils un procès ? Supposons-le, les avocats qui seront chargés de défendre la cause d'un monsieur Mitterrand, cause perdue, comme il en est de son honneur, ses avocats, disais-je, oseront-ils déclarer :

Premièrement : que le passé de Mitterrand fut toujours impeccablement celui d'un homme de gauche, et non d'un cagoulard. Deuxièmement : que Mazarine n'existe pas. Troisièmement : que sa Résistance fut un modèle d'héroïsme. Quatrièmement : qu'il ne fut point décoré de la francisque. Cinquièmement : qu'il s'évada au péril de sa vie. Sixièmement : qu'il n'a pas sauté les haies des jardins de l'Observatoire sous les rafales d'une mitraillette complice. Septièmement : qu'il ne m'a pas acheté, en montant lui-même une opération sur les diamants et la vie privée de Giscard d'Estaing. Huitièmement : qu'il n'a pas voulu encore me racheter, préférant le déshonneur à la guerre pour avoir les deux. Neuvièmement : qu'il ne m'a jamais rencontré, qu'il ne me connaît pas.

Messieurs les avocats qui plaiderez cette cause, toute ma pitié vous est acquise.

Et maintenant, Messieurs les jurés, je ne vous demande pas la tête de Mitterrand pour conclure ce procès exténuant. Elle est là. Penchez-vous. Elle a déjà roulé à mes pieds, cette tête de mort.

ANNEXE

Paris, le 14 décembre 1983

Monsieur le Trésorier principal
99, rue de la Verrerie
75004 PARIS

Monsieur le Trésorier principal,

Je suis extrêmement surpris de voir l'État me réclamer de l'argent. Comment ose-t-il ! Il ne saurait être question de payer mes impôts.

Pas par incivisme, mais parce que j'estime qu'un grave préjudice moral et professionnel m'a été causé depuis le 10 mai 1981. Enfant naturel d'une gauche que j'ai largement contribué à mettre au pouvoir, j'attends de l'État réparation, dommages et intérêts. Non-personne, n'ayant pas de reconnaissance légale, je veux au moins être traité comme la fille naturelle du président de la République, née d'Anne Pingeaud, et qui s'appelle Mazarine. Aujourd'hui, elle a onze ans. Cette fille est complètement élevée avec les deniers du contribuable : on lui a même offert un château, celui de Souzy-la-Briche, près d'Étampes, qui a été somptueusement restauré aux frais de l'État.

Certes, l'oligarchie politico-journalistique française est libre-échangiste, mais le peuple ne l'est pas, et veut savoir pour qui il vote, et à qui il paye ses impôts. Si je parle de cette affaire, c'est parce que je suis pour la transparence de la vie privée des hommes politiques, et pour la morale, comme dans les pays anglo-saxons.

D'ailleurs, l'actuel président de la République était lui-même pour cette transparence, quand il était dans l'opposition. Peu avant les dernières élections présidentielles, j'ai monté, sous ses directives personnelles, et avec le financement du parti socialiste pour la publicité dans les journaux, le comité Information et Vérité : le rôle de celui-ci, exhumer les affaires de la vie privée de Giscard, ses chasses, ses amours, ses heures du laitier et ses diamants de Bokassa. Les membres de ce comité étaient tous respectables, journalistes et écrivains connus, Éric Arnoult — aujourd'hui conseiller technique à l'Élysée —, Jean-Paul Aron, membre du PS, Philippe de Saint-Robert, Pierre Boutang, Pierre Bourgeade, Dominique Jamet et autres... Et quoique je me considère comme le mercenaire idéologique impayé du régime, je n'ai pas monté cette opération par vénalité, mais par conviction politique.

Ainsi ai-je largement contribué depuis treize ans à mettre au pouvoir cette gauche dont je suis l'enfant naturel — direction, pendant trois ans, du journal *l'Idiot international*, rapprochement du socialisme et du gauchisme à partir de 1973, nombreux éditoriaux pour soutenir Mitterrand, première radio libre, renaissance de l'idée du régionalisme aux élections européennes de 1979, et, enfin, *la Lettre ouverte au colin froid,* le pamphlet qui a fait vaciller, pour la première fois, Giscard d'Estaing.

Mais, dès le lendemain du 10 mai 1981, mon rôle et mon existence ont été brutalement sanctionnés, et ma carrière, interrompue. Ainsi ai-je été destitué du Haut Comité de l'Opéra — où m'avait pourtant mis en place l'ancien régime que j'avais combattu. De même, le ministre de la Culture, Jack Lang, m'a-t-il éliminé du Comité pour le régionalisme — malgré tous les efforts que j'avais fait pour le promouvoir — et du Haut Comité pour la langue française, bien que Mitterrand eût écrit de moi, en un des rares moments de lucidité qu'il doit bien regretter aujourd'hui, que j'étais « le plus grand écrivain de ma génération ».

Pourtant, en remerciements de mes services rendus — et après qu'on eut songé à me donner la présidence d'une chaîne, promesse faite par Jacques Attali avant les élections —, le président de la République m'a promis une émission littéraire à la télévision, comme l'a confirmé une lettre officielle du directeur de son cabinet d'alors, André Rousselet, depuis président du groupe Havas. En même temps que tous mes projets de feuilletons ou d'adaptations de mes romans sur les trois chaînes, tels qu'ils avaient été conclus avec Claude Contamine, et autres, étaient brutalement suspendus, cette émission elle-même a été soumise au chantage du pouvoir : le Prince s'est amusé à retirer à son chien l'os qu'il lui avait jeté, en fonction de la servilité de mes bloc-notes du journal *le Matin*. Inadmissible mesquinerie de la part d'un président de la République.

Ce n'est pas tout : alors que François Mitterrand, malgré sa charge, n'a pas hésité à se faire complice d'un leurre, lors du pseudo-enlèvement de l'écrivain roumain Tanase, une campagne de presse a été directement orchestrée de l'Élysée lors de ma propre disparition, quand rien ne permettait de dire quoi que ce fût sur mon sort — sinon ce qui faisait proférer au même pouvoir, quelque temps plus tard, à peine le corps du sous-préfet Massimi refroidi dans sa tombe, en Corse, les plus basses calomnies sur la vie de cet homme, sur ses mœurs, son goût du jeu, bref, vomissant sur le cadavre d'un de ses serviteurs, comme c'eût pu être sur le mien.

Pendant ma période de séquestration, des propos inadmissibles ont été tenus par le porte-parole de l'Élysée au publicitaire Jacques Séguéla, par Jacques Attali à l'avocat Henri Choukroun, et par la belle-sœur du président de la République, Christine Gouze-Renal, à de nombreux témoins. J'ai vainement demandé à mon juge d'instruction, monsieur Grelier, de les faire entendre. Calomniez, il en restera toujours quelque chose. Ainsi, quand ma famille et moi-même avons souffert si fort de cette affaire, dont nous nous sommes tirés tout seuls, le pouvoir n'a pas hésité à me faire passer pour un mystificateur, sachant bien que, malgré son ascendant sur la justice, il n'était pas en mesure de me faire inculper pour outrage à magistrat.

Les humiliations et les vexations de toutes sortes ont continué. Lors du colloque à la Sorbonne sur les intellectuels — et bien que la presse internationale et française me mît couramment parmi les quatre ou cinq grands intellectuels français —, des huissiers munis de ma photo étaient spécialement chargés de me chasser pour le cas où je me serais présenté. Enfin, tout récemment, voulant me porter acquéreur des *Nouvelles littéraires,* avec le soutien de la Gaumont, le veto élyséen est tombé sur cette firme, pour le cas où elle maintiendrait son option en mon nom. Havas a fait l'affaire à ma place, pour Jean-Pierre Ramsay. Comme dit Bernanos : « Ils n'aiment plus la liberté. »

J'ai eu beau proposer un contrat de solidarité sur mon silence, c'est ma liberté créatrice qui est impitoyablement bâillonnée. Je ne dois ma popularité présente qu'au soutien de la jeunesse et à mon œuvre d'écrivain, que même mes pires détracteurs ne peuvent contester.

Je demande que mon honneur me soit restauré, comme le château de Souzy-la-Briche de Mazarine, fille du président de la République. Bâtard pour une bâtarde, je ne payerai pas mes impôts tant que ma facture de mercenaire idéologique ne me sera réglée, à laquelle s'ajoutent de nombreux dommages et intérêts. Le montant de cette facture est de 750 000 francs, c'est-à-dire le montant du SMIG depuis mai 68. Bon prince moi-même et ne pratiquant pas la mesquinerie, dont j'ai été la victime, je pourrais, évidemment, affirmer qu'on devrait me payer en tant que chercheur et cadre supérieur, avec un éventail de 1 à 10, au CNRS, Centre national des recherches socialistes, pour fournitures d'idée et prêt-à-penser idéologique.

Et comme ma plume est sans prix, nul n'est censé l'ignorer, je facturerai à un franc ma *Lettre ouverte au colin froid*, plus 33 % de TVA, soit 1,33 F.

Cela fait au total : 750 001,33 F.

Cette somme est évidemment dérisoire, mais je sais que les caisses de l'État sont désormais vides, en raison de la médiocrité de ceux qui nous gouvernent. En plus, je ne veux pas aggraver le déficit de la balance du commerce extérieur, et j'accepte par conséquent d'être payé en franc français, qui dégringole, au lieu d'exiger une monnaie plus sûre, le dollar par exemple.

Croyez, Monsieur le Trésorier principal, à mes sentiments dévoués.

Jean-Edern Hallier

PS : J'adresse le double de ma lettre et de ma facture au président de la République, à Éric Arnoult, conseiller culturel à l'Élysée, et à messieurs les ministres Emmanueli et Delors.

DU MÊME AUTEUR

LES AVENTURES D'UNE JEUNE FILLE
Éditions du Seuil, 1963

LE GRAND ÉCRIVAIN
Éditions du Seuil, 1967

LA CAUSE DES PEUPLES
Éditions du Seuil, 1972

CHAGRIN D'AMOUR
Éditions Libres-Hallier, 1974

LE PREMIER QUI DORT RÉVEILLE L'AUTRE
Éditions Le Sagittaire, 1977

CHAQUE MATIN QUI SE LÈVE EST UNE LEÇON DE COURAGE
Éditions Libres-Hallier, 1978

LETTRE OUVERTE AU COLIN FROID
Albin Michel, 1979

UN BARBARE EN ASIE DU SUD-EST
Éditions Néo, 1980

FIN DE SIÈCLE
Albin Michel, 1980

BRÉVIAIRE POUR UNE JEUNESSE DÉRACINÉE
Albin Michel, 1982

L'ENLÈVEMENT
Jean-Jacques Pauvert, 1983

LE MAUVAIS ESPRIT, avec Jean Dutourd
Olivier Orban, 1985

ROMANS (ŒUVRES COMPLÈTES)
Albin Michel, 1982

L'ÉVANGILE DU FOU
Albin Michel, 1986

CARNETS IMPUDIQUES
Michel Lafon, 1988

CONVERSATION AU CLAIR DE LUNE
Messidor, 1990

LE DANDY DE GRAND CHEMIN
par Jean-Louis Remilleux
Conversations avec Jean-Edern Hallier
Michel Lafon, 1991

LA FORCE D'ÂME
Les Belles Lettres, 1992

JE RENDS HEUREUX
Albin Michel, 1993

LE REFUS
Éditions Ramsay-Hallier, 1994

FULGURANCES
Michel Lafon, 1996

Photocomposition : Nord Compo
59650 Villeneuve-d'Ascq

Imprimé en France par la Société Nouvelle Firmin-Didot
Groupe HÉRISSEY
Dépôt légal : février 1996
CNE section commerce et industrie Monaco : 19023
N° d'impression : 33666